# CASA VELHA

machado de assis

textos informativos: fátima

PANDA BOOKS

© Panda Books

Direção editorial
*Marcelo Duarte*
*Patth Pachas*
*Tatiana Fulas*

Gerente editorial
*Vanessa Sayuri Sawada*

Assistentes editoriais
*Henrique Torres*
*Laís Cerullo*

Assistente de arte
*Samantha Culceag*

Projeto gráfico e capa
*Casa Rex*

Diagramação
*Daniel Argento*

Notas
*Fátima Mesquita*

Estabelecimento de texto
*Ronald Polito*

Edição das notas
*Joaci Pereira Furtado*

Revisão
*Joaci Pereira Furtado*
*Gabriel Provinzano*
*Ronald Polito*

Fotos
*p.32: © autoria não identificada/*
*Acervo Instituto Moreira Salles;*
*p.47: © Wirestock/Freepick.*

Impressão
*Loyola*

Este livro foi estabelecido com base nas edições da revista
*A Estação*, de 15 de janeiro de 1885 a 28 de fevereiro de 1886.

---

CIP-BRASIL. CATALOGAÇÃO NA PUBLICAÇÃO
SINDICATO NACIONAL DOS EDITORES DE LIVROS, RJ

A866c

Assis, Machado de, 1839-1908
Casa Velha / Machado de Assis; textos informativos Fátima Mesquita. – 1. ed. – São Paulo: Panda Books, 2024. 23 cm.

ISBN 978-65-5697-362-3

1. Romance brasileiro. I. Mesquita, Fátima. II. Título.

24-93249
CDD: 869.3
CDU: 82-31(81)

Meri Gleice Rodrigues de Souza – Bibliotecária – CRB-7/6439

---

2024
Todos os direitos reservados à Panda Books.
Um selo da Editora Original Ltda.
Rua Henrique Schaumann, 286, cj. 41
05413-010 – São Paulo – SP
Tel./Fax: (11) 3088-8444
edoriginal@pandabooks.com.br
www.pandabooks.com.br
Visite nosso Facebook, Instagram e Twitter.

Nenhuma parte desta publicação poderá ser reproduzida por qualquer meio ou forma sem a prévia autorização da Editora Original Ltda. A violação dos direitos autorais é crime estabelecido na Lei nº 9.610/98 e punido pelo artigo 184 do Código Penal.

# O QUE É UM CLÁSSICO?

Não sei você, mas pra mim "clássico" mesmo é jogo de futebol, tipo Fla X Flu, Coringão X Porco, Brasil X Argentina. Só que, na escola, os professores de português e de literatura cismavam em dizer que "clássico" eram os livros chatos que eles queriam porque queriam que a turma toda lesse. Ah, e não bastava empurrar pra cima da gente livro velho de fala complicada que a gente mal entendia. Além disso, eles ainda queriam que a gente fizesse exercício e prova sobre os textos. Pode haver castigo maior? E por que é assim?

Na minha aventura para tentar entender esse grande mistério da humanidade, comecei checando no dicionário o que quer dizer a palavra "clássico". A definição varia de A a Z, mas lá pelas tantas diz mais ou menos assim: "Obra que se mantém ao longo dos tempos, que se tornou um modelo de inspiração, que pela sua qualidade obteve consagração definitiva".

Beleza. Pra mim, saber melhor o que é considerado um "clássico" já ajudava a entender muita coisa, mas não mudava a minha opinião de que os clássicos eram uns chatos de galocha! E eu segui batendo nessa tecla por muito tempo, até que resolvi reler livros que eu havia empurrado com a barriga na escola pra ver se dava para acabar com essa conversa de sempre: de que os tais "clássicos da literatura brasileira" eram uns livros mais chatos que bêbado contando sonho. E, galera, vou admitir: quanto mais eu lia, mais eu gostava do que eu lia e mais eu me espantava com isso :)

## TUDO CONTRA, MAS O CARA ERA UM CRAQUE!

Joaquim Maria Machado de Assis nasceu no dia 21 de junho de 1839, filho de um brasileiro, Francisco, pintor de paredes, e uma portuguesa dos Açores, dona Maria, lavadeira que, no entanto, morreu quando ele tinha só dez anos de idade. O menino cresceu no Morro do Livramento, na cidade do Rio de Janeiro, com o apoio da madrinha rica e da segunda mulher do seu Francisco.

Sabia muito bem francês e latim, chegando a trabalhar como tradutor. Quando novo, descolou uns trocados vendendo doces feitos pela madrasta e engraxando sapatos. Mais tarde, fez bicos de revisor, ralou em tipografia, foi funcionário público em variadas instâncias (começando como auxiliar do auxiliar e chegando até a diretor chefão). E escreveu: crítica de teatro, poema, resenha de debate do Senado, peça teatral, contos, romances, ensaios, artigos e crônicas para jornais e revistas e ainda soluções para jogos de xadrez.

Simmmm, quando não estava lendo, escrevendo ou vendo peças de teatro, o cara gostava de encarar uma partida de xadrez. Chegou a participar do primeiro campeonato do país, e as peças que ele usou neste torneio hoje estão expostas na Academia Brasileira de Letras.

Mas nada foi fácil pro Machadão. O sujeito sofria de epilepsia, uma doença neurológica sem cura e carregada de preconceito, em especial naqueles tempos, porque, de repente, o cérebro da pessoa entra meio que em curto-circuito, com uma descarga elétrica embaralhando as coisas lá dentro. O doente pode, então, falar coisas sem pé nem cabeça, o corpo pode se movimentar sem controle ou o indivíduo parece que está no mundo da lua, com o olhar perdido e fixo no nada, sem responder a nenhum estímulo, meio que ausente – ei, mas fica sussa que hoje em dia tem tratamento bem eficiente que não cura, mas controla legal a situação, deixando a pessoa viver uma vida mais tranquila.

Além disso, nosso amigo era negro e também meio gago. E, como você já deve ter sacado, bem pobre mesmo. Os pais do pai dele eram escravizados e, apesar de terem conquistado a liberdade, haviam trabalhado praticamente a vida toda pra família de sua madrinha. Ou seja, nosso Joaquim sofria preconceito a granel. Tipo 7 X 1. Toda hora, né? Mas era inteligente que só. Tinha esse supertalento atômico pra línguas. Aprendeu muita coisa (mas muita mesmo!) por conta própria, nos livros da biblioteca da família rica da madrinha e de tudo quanto era jeito que ele podia achar. Tinha esse apetite por aprender. Voraz mesmo.

Foi casado com uma portuguesa, quatro anos mais velha que ele, a dona Carolina Augusta Xavier de Novais. Mas eles nunca tiveram filhos. Ela morreu antes. Machado ficou deprimidaço – estava também já cego. Faleceu aos 69 anos de idade, no mesmo Rio de Janeiro onde havia nascido. Deixou seus vários livros, sua obra, que já foi traduzida e estudada por tudo quanto é canto desse planeta Terra. O que é raro, bem raro mesmo para autores brasileiros.

Ah, e um causo divertido aqui: num dos seus livros, houve um erro de impressão numa frase. Onde devia se ler "lhe cegara o juízo", lia-se "lhe cagara o juízo"! Ih, foi um corre-corre tipo Bolt pra tentar consertar a "cegada" (rs). Juntaram lá uma pá de gente tentando corrigir livro por livro antes daquilo tudo chegar na mão dos leitores. Em grande parte a tática deu certo, mas... uns exemplares com o erro escaparam. Hehehe, maus, hein?

### CASA VELHA É QUE FAZ TRETA DAS BOAS

Olha, essa casa do Machado de Assis pode até ser velha, mas é cheia de treta boa, e vale mesmo a pena circular pelos cômodos dela para conhecer tudo, especialmente seus habitantes.

É que eles e elas – os personagens – são muito o Brasil daqueles tempos e também o Brasil de agora. O enredo leva a gente a ver dramas eternos do ser humano, como a busca por ascensão numa estrutura social que nos limita e por tantas vezes até complica nossas vidas, enquanto dita nosso comportamento. Vemos aqui como o lance do casamento vai muito além do conversê sobre amor. Tem a relação entre homem e mulher, o papel da religião que se infiltra em tudo... enfim, tem muito que mudou e, ao mesmo tempo, que mudou muito pouco, nesses mais de cem anos.

Aqui, um padre narrador começa a frequentar a Casa Velha, pois está fazendo uma pesquisa pra escrever um livro sobre os tempos de d. Pedro I e, por isso, se mete praticamente todo dia dentro da mansão de uma família rica e poderosa. Ali o sacerdote católico vai futucar os documentos do figurão que morreu e, de quebra, mostrar pra gente quem são a dona Antônia, viúva proprietária da casa, o Félix, filho dela e eterno nem-nem (nem estuda, nem trabalha), e um outro fenômeno bem brasileiro, os tais dos agregados.

### ALUGUEL, VENDA E SUBLOCAÇÃO DE CORAÇÃO

Nesse passeio pela grande e bela propriedade conhecida como Casa Velha, a gente ainda dá de cara com escravizados que povoam o lugar quase como se não existissem, como se fossem mesmo invisíveis, e com uma parentada típica, além de dar um encontrão naquelas tretas que fazem o coração bater apressado, com seu espaço sendo alugado para o amor, vendido para a traição, emprestado para os desentendimentos, sublocado para a paixão. Ali vemos em cores fortes a sofrência dos erros e acertos feitos no contrato da vida, o peso das intromissões, dos palpites, da gente autoritária, das pressões sociais. Vemos também filhos sem pai, mortes e reviravoltas. Enfim, aquela pacoteira toda doida que faz um folhetim ser uma delícia de ser lido e acompanhado.

Aliás, é isso mesmo: *Casa Velha* nasceu como folhetim, seguindo o caminho típico da época e saindo em capítulos, no maior conta-gotas, na revista de moda, de público claramente feminino, chamada *A Estação*, entre 1885 e 1886. Depois ela ficou esquecida num canto qualquer. Machado de Assis já estava morto e enterrado havia quase quarenta anos quando finalmente a *Casa Velha* foi descoberta por uma pesquisadora e aí sim virou este livro aqui.

## MANHAS, REVELAÇÕES E ATÉ YOUTUBADAS PRA VOCÊ

Curtinho, faceiro e trigueiro, o texto de Machado de Assis vem agora ainda mais azeitado pra você deitar e rolar na leitura, porque ele pinga na sua mão todo recheado de **notinhas** que explicam o vocabulário das antigas, descomplicam frases cheias de manha e ainda te dão o contexto da época e até curiosidades bem legaizinhas, fora as horas em que a gente prega nas páginas uns links youtubados, além de muita ilustração leve e ao mesmo tempo reveladora que culmina, lá nas páginas bem finais, com um mapa inacreditável mostrando um quem é quem geral dos personagens.

Agora, fala sério, confessa: tem edição melhor neste mundo? Hehehe, tem não. Então acha um canto maneiro aí e aproveita a companhia desta gostosura.

*Fátima Mesquita*

- Fotos para contextualizar a cena.
- Sugestões de pesquisa na internet.
- Comentários curtos e curiosidades.
- Dicas de vídeos para assistir on-line.
- Significado de palavras e expressões em vermelho.

# SUMÁRIO

| | | |
|---|---|---|
| I | Antes e depois da missa | 8 |
| II | | 16 |
| III | | 29 |
| IV | | 40 |
| V | | 47 |
| VI | | 58 |
| VII | | 67 |
| VIII | | 74 |
| IX | | 77 |
| X | | 84 |

# ANTES E DEPOIS DA MISSA

🐦 A Capela Imperial, (antiga Capela Real e, antes disso, Igreja de Nossa Senhora do Monte do Carmo) foi a escolhida para ser frequentada por d. João VI e a Corte, com a sua chegada em 1808. Funciona até hoje, perto da Praça XV.

**Esperdiçar:** gastar, desperdiçar.

🐦 Décima é um poema com dez versos. Se tem catorze versos, é um soneto.

🐦 Púlpito é um pequeno palanque onde o padre faz o sermão.

8️⃣ Luís Gonçalves dos Santos (1767-1844) foi um padre que, por ser baixinho, gordo e de olhos esbugalhados, foi apelidado de "padre Perereca".

🐦 "Meter em brios" é mexer com o amor-próprio de alguém a ponto de fazê-lo tomar uma atitude.

**Cousa:** coisa.

**Meado:** meio, metade.

**Reservado:** restrito, exclusivo.

Aqui está o que contava, há muitos anos, um velho cônego da Capela Imperial:

— Não desejo ao meu maior inimigo o que me aconteceu no mês de abril de 1839. Tinha-me dado na cabeça escrever uma obra política, a história do reinado de d. Pedro I. Até então esperdiçara algum talento em décimas e sonetos, muitos artigos de periódicos, e alguns sermões, que cedia a outros, depois que reconheci que não tinha os dons indispensáveis ao púlpito. No mês de agosto de 1838 li as Memórias que outro padre, Luís Gonçalves dos Santos, o padre Perereca chamado, escreveu do tempo do rei, e foi esse livro que me meteu em brios. Achei-o seguramente medíocre, e quis mostrar que um membro da igreja brasileira podia fazer cousa melhor.

Comecei logo a recolher os materiais necessários, jornais, debates, documentos públicos, e a tomar notas de toda a parte e de tudo. No meado de fevereiro, disseram-me que, em certa casa da cidade, acharia, além de livros, que poderia consultar, muitos papéis manuscritos, alguns reservados, naturalmente importantes, porque o dono da casa, falecido desde muitos anos, havia sido ministro de Estado. Compreende-se que esta notícia me **aguçasse** a curiosidade. A casa, que tinha capela para uso da família e dos moradores próximos, tinha também um padre contratado para dizer missa aos domingos, e confessar pela quaresma: era o **rev.** Mascarenhas. Fui ter com ele para que me **alcançasse** da viúva a permissão de ver os papéis.

– Não sei se lhe consentirá isso, disse-me ele; mas vou ver.

– Por que não há de consentir? É claro que não me utilizarei senão do que for possível, e com autorização dela.

– Pois sim, mas é que livros e papéis estão lá em grande respeito. Não se mexe em nada que foi do marido, por uma espécie de veneração, que a boa senhora conserva sempre e conservará. Mas enfim vou ver, e far-se-á o que for possível.

Mascarenhas trouxe-me a resposta dez dias depois. A viúva começou recusando; mas o padre **instou**, expôs o que era, disse-lhe que nada perdia do devido respeito à memória do marido consentindo que alguém folheasse uma parte da biblioteca e do arquivo, uma parte apenas; e afinal conseguiu, depois de longa resistência, que me apresentasse lá. Não me demorei muito em usar do favor; e no domingo próximo acompanhei o padre Mascarenhas.

A casa, cujo lugar e direção não é preciso dizer, tinha entre o povo o nome de Casa Velha, e era-o realmente: datava dos fins do outro século. Era uma edificação sólida e vasta, gosto severo, nua de **adornos**. Eu, desde criança, conhecia-lhe a parte exterior, a grande varanda da frente, os **dous** portões enormes, um especial às pessoas da família e às visitas, e outro destinado ao serviço, às cargas que iam e vinham, às **seges**, ao gado que saía a pastar. Além dessas duas entradas, havia, do lado oposto, onde ficava a capela, um caminho que dava acesso às pessoas da vizinhança, que ali iam ouvir missa aos domingos, ou rezar a **ladainha** aos sábados.

Foi por esse caminho que chegamos à casa, às sete horas e poucos minutos. Entramos na capela, após um raio de sol, que brincava no azulejo da parede interior onde estavam representados vários passos da **Escritura**. A capela era pequena, mas muito bem tratada. **Ao rés** do chão, à es-

---

Aguçar: animar, estimular.

"Rev." é abreviatura de "reverendo".

Alcançar: conseguir, conquistar.

Instar: insistir, reiterar.

Adorno: enfeite, ornamento.

Dous: dois.

Sege: coche, carruagem.

Ladainha, ou litania, é um tipo de reza curta e repetitiva que os católicos usam nas missas e em outros ritos.

Escritura é a Bíblia.

Ao rés: rente.

**Fâmulo:** criado, servo.

**Alvíssimo:** limpíssimo, branquíssimo.

**Paramentos** são as roupas que o sacerdote católico usa nos rituais.

**Primor:** perfeição, excelência.

**Piedade:** devoção, dedicação.

**"Relíquias"**, aqui, são objetos importantes do morto guardados em memória dele.

**Alusão:** menção, referência.

**Persignar-se**, para os católicos, é se benzer fazendo uma cruz com o dedão da mão direita na testa, na boca e no peito.

querda, perto do altar, uma tribuna servia privativamente à dona da casa, e às senhoras da família ou hóspedas, que entravam pelo interior; os homens, os **fâmulos** e vizinhos ocupavam o corpo da igreja. Foi o que me disse o padre Mascarenhas explicando tudo. Chamou-me a atenção para os castiçais de prata, para as toalhas finas e **alvíssimas**, para o chão em que não havia uma palha.

— Todos os **paramentos** são assim, concluiu ele. E este confessionário? Pequeno, mas um **primor**.

Não havia coro nem órgão. Já disse que a capela era pequena; em certos dias, a concorrência à missa era tal que até na soleira da porta vinham ajoelhar-se fiéis. Mascarenhas fez-me notar à esquerda da capela o lugar em que estava sepultado o ex-ministro. Tinha-o conhecido, pouco antes de 1831, e contou-me algumas particularidades interessantes; falou-me também da **piedade** e saudade da viúva, da veneração em que tinha a memória dele, das **relíquias** que guardava, das **alusões** frequentes na conversação.

— Lá verá na biblioteca o retrato dele, disse-me.

Começaram a entrar na igreja algumas pessoas da vizinhança, em geral pobres, de todas as idades e cores. Dos homens alguns, depois de **persignados** e rezados, saíam, outra vez, para esperar fora, conversando, a hora da missa. Vinham também escravos da casa. Um destes era o próprio **sacristão**; tinha a seu cargo, não só a guarda e asseio da capela, mas também ajudava a missa, e, salvo a **prosódia latina**, com muita perfeição. Fomos achá-lo diante de uma grande cômoda de jacarandá antigo, com argolas de prata nos gavetões, concluindo os arranjos preparatórios. Na **sacristia**, entrou logo depois um moço de vinte anos mais ou menos, simpático, fisionomia meiga e franca, a quem o padre Mascarenhas me apresentou; era o filho da dona da casa, Félix.

— Já sei, disse ele sorrindo, mamãe me falou de **v. revma.** Vem ver o arquivo de papai?

Confiei-lhe rapidamente a minha ideia, e ele ouviu-me com interesse. Enquanto falávamos vieram outros homens de dentro, um sobrinho do dono da casa, Eduardo, também de vinte anos, um velho parente, coronel Raimundo, e uns dous ou três hóspedes. Félix apresentou-me a todos, e, durante alguns minutos, fui naturalmente objeto de grande curiosidade. Mascarenhas, paramentado e de pé, com o cotovelo na borda da cômoda, ia dizendo alguma cousa, pouca; ouvia mais do que falava, com um sorriso antecipado nos lábios, voltando a cabeça **a miúdo** para um ou outro. Félix tratava-o com **benevolência** e até **deferência**; pareceu-me inteligente, **lhano** e modesto. Os outros apenas faziam coro. O coronel não fazia nada mais que confessar que tinha fome; acordara cedo e não tomara café.

— **Parece que são horas**, disse Félix; e depois de ir à porta da capela: — Mamãe já está na **tribuna**. Vamos?

Fomos. Na tribuna estavam quatro senhoras, duas idosas e duas moças. Cumprimentei-as de longe, e, sem mais encará-las, percebi que tratavam de mim, falando umas às outras. Felizmente o padre entrou daí a três minutos, ajoelhamo-nos todos, e seguiu-se a missa que, por **fortuna** do coronel, foi **engrolada**. Quando acabou, Félix foi beijar a mão à mãe e à outra senhora idosa, tia dele; levou-me e apresentou-me ali mesmo a ambas. Não falamos do meu projeto; tão somente a dona da casa disse-me delicadamente:

— Está entendido que v. rvma. faz-nos a honra de almoçar conosco?

---

Sacristão é o ajudante do padre.

Prosódia é a pronúncia correta das palavras, e aqui é em latim porque até a década de 1960 as missas eram celebradas nessa língua no mundo todo.

Sacristia é uma sala onde são guardados os paramentos e objetos que o padre usa na missa.

"V. revma." é a abreviatura de "vossa reverendíssima".

"A miúdo" é o mesmo que "várias vezes".

Benevolência: bondade, complacência.

Deferência: respeito, consideração.

Lhano: sincero, franco.

"Parece que são horas" é o mesmo que "já deu a hora".

Tribuna era um espaço de honra nas igrejas católicas para assistir às missas, em geral perto do altar e mais alto que os outros assentos.

Fortuna: sorte, felicidade.

Engrolado: confuso, malfeito.

**Tolhido:** constrangido.

> Gregos e romanos tinham crenças e práticas místicas conhecidas como religião doméstica, que via os parentes falecidos como deuses. Aí havia um acordo: os vivos se comprometiam a sepultar e cuidar dos túmulos, e os mortos a proteger os vivos. Acreditava-se também que alma e corpo continuavam vivos no túmulo, por isso, todos os pertences (até os bichos) eram enterrados com o morto, representado por um fogo mantido sempre aceso nas casas e que recebia os pedidos e oferendas.

**t** Cantaria é a arte de talhar blocos de pedra para construção. Por extensão, é tudo o que é feito de pedra.

**Cisterna:** poço, tanque.

**t** "Moleque" é "garoto" em quimbundo, a língua de alguns escravos, mas na época era o mesmo que criança negra, um "pretinho".

**Rifão:** ditado, provérbio.

> D. Pedro I (1798–1834) criou dois conselhos após a Independência. O primeiro, Conselho dos Procuradores Gerais das Províncias do Brasil, durou de 1822 a 1823. O segundo funcionou de 1823 a 1834 e atuou na elaboração da Constituição de 1824.

**Paço:** palácio.

Inclinei-me afirmativamente. Não me lembrou sequer acrescentar que a honra era toda minha.

A verdade é que me sentia **tolhido**. Casa, hábitos, pessoas davam-me ares de outro tempo, exalavam um cheiro de vida clássica. Não era raro o uso de capela particular; o que me pareceu único foi a disposição daquela, a tribuna de família, a sepultura do chefe, ali mesmo, ao pé dos seus, fazendo lembrar as primitivas sociedades em que florescia a **religião doméstica** e o culto privado dos mortos. Logo que as senhoras saíram da tribuna, por uma porta interior, voltamos à sacristia, onde o padre Mascarenhas esperava com o coronel e outros. Da porta da sacristia, passando por um saguão, descemos dous degraus para um pátio, vasto, calçado de **cantaria**, com uma **cisterna** no meio. De um lado e outro corria um avarandado, ficando à esquerda alguns quartos, e à direita a cozinha e a copa. Pretas e **moleques** espiavam-me, curiosos, e creio que sem espanto, porque naturalmente a minha visita era desde alguns dias a preocupação de todos. Com efeito, a casa era uma espécie de vila ou fazenda, onde os dias, ao contrário de um **rifão** peregrino, pareciam-se uns com os outros; as pessoas eram as mesmas, nada quebrava a uniformidade das cousas, tudo quieto e patriarcal.

D. Antônia governava esse pequeno mundo com muita discrição, brandura e justiça. Nascera dona de casa; no próprio tempo em que a vida política do marido, e a entrada deste nos **conselhos** de Pedro I podiam tirá-la do recesso e da obscuridade, só a custo e raramente os deixou. Assim é que, em todo o ministério do marido, apenas duas vezes foi ao **paço**. Era filha de Minas Gerais, mas foi criada no Rio de Janeiro, naquela mesma Casa Velha, onde casou, onde perdeu o marido e onde lhe nasceram os filhos, — Félix, e uma menina que morreu com três anos. A casa fora construída pelo avô, em 1780, voltando da Europa, donde trouxe ideias de

**solar** e costumes fidalgos; e foi ele, e parece que também a filha, mãe de d. Antônia, quem deu a esta a pontazinha de orgulho, que se lhe podia notar, e quebrava a unidade da **índole** desta senhora, essencialmente **chã**. Inferi isso de algumas **anedotas** que ela me contou de ambos, no **tempo do rei**. D. Antônia era antes baixa que alta, magra, muito bem composta, vestida com singeleza e austeridade; devia ter quarenta e seis a quarenta e oito anos.

Poucos minutos depois estávamos **almoçando**. O coronel, que afirmava rindo, ter um buraco de palmo no estômago, nem por isso comeu muito, e durante os primeiros minutos, não disse nada; olhava para mim, **obliquamente**, e, se dizia alguma cousa, era baixinho, às duas moças, filhas dele; mas desforrou-se para o fim, e não conversava mal. Félix, eu e o padre Mascarenhas falávamos de política, do ministério e dos sucessos do sul. Notei desde logo, no filho do ministro, a qualidade de saber escutar, e de **dissentir** parecendo aceitar o conceito alheio, de tal modo que, às vezes, a gente recebia a opinião desenvolvida por ele, e supunha ser a mesma que emitira. Outra cousa que me chamou a atenção foi que a mãe, percebendo o prazer com que eu falava ao filho, parecia encantada e orgulhosa. Compreendi que ela herdara as naturais esperanças do pai, e redobrei de atenção com o filho. Fi-lo sem esforço; mas pode ser também que entrasse por alguma cousa, naquilo, a necessidade de captar toda a afeição da casa, por motivo do meu projeto.

Foi só depois do almoço que falamos do projeto. Passamos à varanda, que comunicava com a sala de jantar, e dava para um grande terreiro, era toda **ladrilhada**, e tinha o teto sustentado por grossas colunas de cantaria. D. Antônia chamou-me, sentei-me ao pé dela, com o padre Mascarenhas.

— Reverendíssimo, a casa está às suas ordens, disse-me ela. Fiz o que o sr. padre Mascarenhas me pediu, e a muito custo, não porque o não julgue pessoa capaz, mas porque os livros e papéis de meu marido ninguém mexe neles.

— Creia que agradeço muito...

— Pode agradecer, interrompeu ela sorrindo; não faria isto a outra pessoa. Precisa ver tudo?

---

Solar: mansão, casarão.

Índole: caráter, personalidade.

Chã: trivial, simples.

Anedota: caso, curiosidade.

🐦 "Tempo do rei" é a época em que d. João VI governou o Brasil, de 1792 até 1822.

🐦 O almoço era a primeira refeição do dia naqueles tempos.

Oblíquo: indireto, enviesado.

Dissentir: divergir, discordar.

🐦 "Ladrilhada", aqui, é a calçada com placas feitas de barro.

– Não posso dizer se tudo; depois de um rápido exame, saberei mais ou menos o que preciso. E **v. ex.** também há de ser um livro para mim, e o melhor livro, o mais íntimo...

– Como?

– Espero que me conte algumas cousas, que hão de ter ficado escondidas. As histórias fazem-se em parte com as notícias pessoais. V. ex., esposa de ministro...

D. Antônia **deu de ombros**.

– Ah! eu nunca entendi de política, nunca me meti nessas cousas.

– Tudo pode ser política, minha senhora; uma anedota, um dito, qualquer cousa de nada, pode valer muito.

Foi neste ponto que ela me disse o que acima referi; vivia em casa, pouco saía, e só foi ao paço duas vezes. Confessou até que da primeira vez teve muito medo, e só o perdeu por se lembrar a tempo de um dito do avô.

– Saí de casa tremendo. Era dia de **gala**, ia **trajada à corte**; pelas **portinholas** do coche via muita gente olhando, parada. Mas quando me lembrava que tinha de cumprimentar o imperador e a imperatriz, confesso que o coração me batia muito. Ao descer do coche, o medo cresceu, e ainda mais quando subi as escadas do paço. De repente, lembrou-me um dito de meu avô. Meu avô, quando aqui chegou o rei, levou-me a ver as festas da cidade, e, como eu, ainda mocinha, impressionada, lhe dissesse que tinha medo de encarar o rei, se ele aparecesse na rua, olhou para mim, e disse com um modo muito sério que ele tinha às vezes: "Menina, uma Quintanilha não treme nunca!". Foi o que fiz, lembrou-me que uma Quintanilha não tremia, e, sem tremer, cumprimentei suas majestades.

Rimo-nos todos. Eu, pela minha parte, declarei que aceitava a explicação e não lhe pediria nada; e depois falei de outras cousas. Parece que **estava de veia**, se não é que a conversação da viúva me meteu em brios. Veio o filho, veio o cunhado, vieram as moças, e posso afirmar que deixei a melhor impressão em todos; foi o que o padre Mascarenhas me confirmou, alguns dias depois, e foi o que notei por mim mesmo.

> "V. ex." é abreviatura de "vossa excelência".

> "Dar de ombros" é mostrar indiferença, dar pouca importância.

> Gala: cerimônia, solenidade.

> A corte é tudo que tem a ver com o rei (o lugar, as pessoas ligadas a ele etc.). Daí, se vestir (trajar) à corte é usar roupas e acessórios de luxo, elegantes.

portinhola

> "Estar de veia" é estar de bom humor.

# II

Pejado: cheio, repleto.

**t** In-fólio é um livro feito com várias folhas dobradas ao meio (cada uma vira quatro páginas).

Redundar: resultar.

**t** "Maior ideia", aqui, quer dizer "melhor impressão".

**t** *Storia Fiorentina* é uma obra de dezesseis volumes sobre a história de Florença escrita pelo italiano Benedetto Varchi (1503-65).

O Hospício de Jerusalém, ou de Nossa Senhora de Oliveira, contava com um convento, uma capela e um abrigo. Fundado em 1735 no Rio de Janeiro, acolhia pessoas que pediam dinheiro para as obras da Igreja Católica (prática que vem lá das Cruzadas), peregrinos e necessitados em geral. Naquela época, um hospício ainda era apenas um lugar para receber hóspedes (*hospes*, em latim), ganhando outro significado só mais tarde.

**Antes de me despedir deles, fui ver a biblioteca. Era uma** vasta sala, dando para a chácara, por meio de seis janelas de grade de ferro, abertas de um só lado. Todo o lado oposto estava forrado de estantes, **pejadas** de livros. Estes eram, pela maior parte, antigos, e muitos **in-fólio**; livros de história, de política, de teologia, alguns de letras e filosofia, não raros em latim e italiano. Eu via-os, tirava e abria um ou outro, dizia alguma palavra, que o Félix, que ia comigo, ouvia com muito prazer, porque as minhas reflexões **redundavam** em elogio do pai, ao mesmo tempo que lhe davam de mim **maior ideia**. Esta ideia cresceu ainda, quando casualmente dei com os olhos na *Storia Fiorentina* de Varchi, edição de 1721. Confesso que nunca tinha lido esse livro, nem mesmo o li mais tarde; mas um padre italiano, que eu visitara no **Hospício de Jerusalém**, na antiga **rua dos Barbonos**, possuía a obra e falara-me da última página, que, em alguns exemplares, faltava, e tratava do modo descomunalmente sacrílego e brutal com que um dos **Farneses** tratara o bispo de Fano.

— Será o exemplar **truncado**? disse eu.

— Truncado? repetiu Félix.

— Vamos ver, continuei eu, correndo ao fim. Não, cá está; é o cap. 16 do liv. XVI. Uma cousa indigna! ***In quest'anno medesimo nacque un caso...*** Não vale a pena ler; é imundo.

Pus o livro no lugar. Sem olhar para o Félix, senti-o **subjugado**. Nem confesso este incidente, que me envergonha, senão porque, além da resolução de dizer tudo, importa explicar o poder que desde logo exerci naquela casa, e especialmente no espírito do moço. Creram-me naturalmente um sábio, tanto mais digno de admiração, quanto que contava apenas trinta e dous anos. A verdade é que era tão somente um homem lido e curioso. Entretanto, como era também discreto, deixei de manifestar um **reparo** que fiz comigo acerca da promiscuidade de cousas religiosas e **incrédulas**, alguns padres da Igreja não longe

> 8 A rua dos Barbonos, hoje Evaristo da Veiga, no Rio, tinha esse nome por causa do convento da Ordem dos Frades Menores Capuchinhos (os barbonos) que havia lá.

> Em 1537, Alexandre Farnese (1468--1549), o papa Paulo III, mandou seu filho Pier Luigi Farnese (1503-47) vistoriar uma fortaleza em Fano, cidade a uns trezentos quilômetros de Roma. Ele foi recebido pelo jovem bispo de lá, Cosimo Gheri (1513-37) e, no dia seguinte, foi atrás do rapaz em busca de sexo. Recusado — e o Varchi detalha isso no livro —, o filho do papa amarrou e violentou o moço, que morreu uns quarenta dias depois com suspeita de envenenamento por Pier, mas o papa absolveu o filho e ficou por isso mesmo.

> t "Truncado" é cortado, incompleto, e aqui é censurado, já que alguns exemplares do livro do Varchi não tinham o trecho da violência sexual.

> t Traduzindo: "neste mesmo ano houve um acontecimento...".

Subjugado: vencido, rendido.

Reparo: pensamento, observação.

Incrédulo: laico, descrente.

> Voltaire, pseudônimo do pensador e escritor francês François-Marie Arouet (1694-1778), foi um famoso defensor da liberdade civil e religiosa. Censurado pela monarquia católica do seu país, não se dobrou e continuou criticando os dogmas da Igreja e a falsa moralidade. Na outra ponta, o filósofo, escritor, compositor e teórico suíço Jean-Jacques Rosseau (1712-78) discutiu muito a complicada ligação histórica entre o catolicismo e o poder político.

de **Voltaire** e **Rousseau**, e aqui não havia afetar nada, porque os conhecia, não integralmente, mas no principal que eles deixaram. Quanto à parte que imediatamente me interessava, achei muitas cousas, **opúsculos**, jornais, livros, relatórios, **maços de papéis rotulados** e postos por ordem, em pequenas estantes, e duas grandes caixas que o Félix me disse estarem cheias de **manuscritos**.

Havia ali dous retratos, um do finado ex-ministro, outro de Pedro I. Conquanto a luz não fosse boa, achei que o Félix parecia-se muito com o pai, descontada a idade, porque o retrato era de 1829, quando o ex-ministro tinha quarenta e quatro anos. A cabeça era **altiva**, o olhar inteligente, a boca **voluptuosa**; foi a impressão que me deixou o retrato. Félix não tinha, porém, a primeira nem a última expressão; a semelhança restringia-se à configuração do rosto, ao corte e viveza dos olhos.

— Aqui está tudo, disse-me Félix; aquela porta dá para uma saleta, onde poderá trabalhar, quando quiser, se não preferir aqui mesmo.

Já disse que saí de lá encantado, e que os deixei igualmente encantados comigo. Comecei os meus trabalhos de investigação três dias depois. Só então revelei a monsenhor Queirós, meu velho mestre, o projeto que tinha de escrever uma história do **primeiro reinado**. E revelei-lho com o único fim de lhe contar as impressões que trouxera da Casa Velha, e confiar as minhas esperanças de algum achado de valor político. Monsenhor Queirós abanou a cabeça, desconsolado. Era um bom filho da Igreja, que me fez o que sou, menos a tendência política, apesar de que no tempo em que ele floresceu muitos servidores da Igreja também o eram do Estado. Não aprovou a ideia; mas não gastou tempo em tentar **dissuadir**-me. Contanto, disse-me ele, que você não prejudique sua mãe, que é a Igreja. O Estado é um padrasto.

A meu cunhado e minha irmã, que sabiam do projeto, apenas contei o que se passara na Casa Velha; ficaram contentes, e minha irmã pediu-me que a levasse lá, alguma vez, para conhecer a casa e a família.

---

Opúsculo: folheto, livreto.

▸ Papéis arranjados em conjuntos (maços de papéis) organizados e identificados por um título (rotulados).

▸ Manuscrito é algo escrito à mão, mas aqui também significa um documento não oficial.

Altivo: ilustre, distinto.

Voluptuoso: carnal, sensual.

▸ Primeiro Reinado é o governo de d. Pedro I, desde a Independência, em 1822, até sua abdicação, em 1831.

Dissuadir: demover, desestimular.

Na quarta-feira comecei a pesquisa. Vi então que era mais fácil projetá-la, pedi-la e obtê-la, que realmente executá-la. Quando me achei na biblioteca e no gabinete contíguo, com os livros e papéis à minha disposição, senti-me constrangido, sem saber por onde começasse. Não era uma casa pública, arquivo ou biblioteca, era uma casa onde, no que tocava a papéis e manuscritos, podia dar com alguma cousa privada e doméstica. Para melhor haver-me, pedi ao Félix que me auxiliasse, disse-lhe até com franqueza, a causa do meu acanhamento. Ele respondeu, polidamente, que tudo estava em boas mãos. Insistindo eu, consentiu em servir-me (palavras suas) de sacristão; pedia, porém, licença naquele dia porque tinha de sair; e, na seguinte semana, desde terça-feira até sábado, estaria na roça. Voltaria sábado à noite, e daí até o fim, ficaria às minhas ordens. Aceitei este convênio.

Ocupei os primeiros dias na leitura de gazetas e opúsculos. Conhecia alguns deles, outros não, e não eram estes os menos interessantes. Logo no dia seguinte, Félix acompanhou-me nesse trabalho, e daí em diante até seguir para a roça. Eu, em geral chegava às dez horas, conversava um pouco com a dona da casa, as sobrinhas e o coronel; o primo Eduardo retirara-se para S. Paulo. Falávamos das cousas do dia, e poucos minutos depois, nunca mais de meia hora, recolhia-me à biblioteca com o filho do ex-ministro. Às duas horas, em ponto, era o jantar. No primeiro dia recusei, mas a dona da casa declarou-me que era a condição do obséquio prestado. Ou jantaria com eles, ou retirava-me a licença. Tudo isso com tão boa cara que era impossível teimar na recusa. Jantava. Entre três e quatro horas descansava um pouco, e depois continuava o trabalho até anoitecer.

Um dia, quando ainda o Félix estava na roça, d. Antônia foi ter comigo, com o pretexto de ver o meu trabalho, que lhe não interessava nada. Na véspera, ao jantar, disse-lhe que estimava muito ver as terras da Europa, especialmente França e Itália, e talvez ali fosse daí a meses. D. Antônia, entrando na biblioteca, logo depois de algumas palavras insignificantes, guiou a conversa para a viagem, e acabou pedindo que persuadisse o filho a ir comigo.

– Eu, minha senhora?

Contíguo: vizinho, adjacente.

Haver: proceder, agir.

Acanhamento: timidez, vergonha.

Convênio: acordo, acerto.

Gazeta: jornal, periódico.

O jantar, no Brasil do século XIX, era a grande refeição do dia, servida geralmente à tarde, perto do horário em que hoje almoçamos.

Obséquio: favor, gentileza

**Ceder:** aceitar, concordar.

**Exprimir:** revelar, externar.

**Instância:** pedido, súplica.

🇹 Ter os estudos incompletos é não se formar.

José Bonifácio de Andrada e Silva (1763-1838) foi chegadíssimo de d. Pedro I e teve papel central na declaração da Independência, sendo o primeiro brasileiro a assumir um ministério por aqui, em 1822. No ano seguinte, porém, passou a fazer oposição ao ex-chefe, que entrou numas de dissolver a Assembleia Constituinte, e acabou deportado para a França, de onde só voltou em 1829. Os dois acabaram se resolvendo e Bonifácio até virou tutor do Pedro filho, ainda criança, quando o pai abdicou e foi embora para Portugal. Ainda assim se deu mal, porque foi acusado de querer a volta de Pedro pai ao trono brasileiro e, por isso, passou o resto da vida trancado em casa, mesmo após ser absolvido.

**Caçoar:** zombar, troçar.

**Súbito:** repentino, imprevisto.

**Padecer:** sofrer, amargar.

**Moléstia:** doença, enfermidade.

— Não se admire do pedido; eu já reparei, apesar do pouco tempo, que vossa reverendíssima e ele gostam muito um do outro, e sei que se lhe disser isso, com vontade, ele **cede**.

— Não creio que tenha mais força que sua mãe. Já lhe tem lembrado isso?

— Já, respondeu d. Antônia com uma entonação demorada que **exprimia** longas **instâncias** sem efeito.

E logo depois com um modo alegre:

— As mães como eu não podem com os filhos. O meu foi criado com muito amor e bastante fraqueza. Tenho-lhe pedido mais de uma vez; ele recusa sempre dizendo que não quer separar-se de mim. Mentira! A verdade é que ele não quer sair daqui. Não tem ambições, fez **estudos incompletos**, não lhe importa nada. Há uns parentes nossos em Portugal. Já lhe disse que fosse visitá-los, que eles desejavam vê-lo, e que fosse depois à Espanha e França e outros lugares. **José Bonifácio** lá esteve e contava cousas muito interessantes. Sabe o que ele me responde? Que tem medo do mar; ou então repete que não quer separar-se de mim.

— E não acha que esta segunda razão é a verdadeira?

D. Antônia olhou para o chão, e disse com voz sumida:

— Pode ser.

— Se é a verdadeira, haveria um meio de conciliar tudo: era irem ambos, e eu com ambos, e para mim seria um imenso prazer.

— Eu?

— Pois então?

— Eu? Deixar esta casa? Vossa reverendíssima está **caçoando**. Daqui para a cova. Não fui quando era moça, e agora que estou velha é que hei de meter-me em folias... Ele sim, que é rapaz, – e precisa.

Tive uma suspeita **súbita**: – Minha senhora, dar-se-á que ele **padeça** de alguma **moléstia** que...

— Não, não, graças a Deus! Digo que precisa, porque é rapaz, e meu avô dizia que, para ser homem completo, é preciso ver aquelas cousas por lá. É só por isso. Não, não tem moléstia nenhuma; é um rapaz forte.

Era impossível, ou, pelo menos, indelicado tentar obter a razão secreta deste pedido, se havia alguma, como me pareceu. **Pus termo** à conversação dizendo que ia convidar o rapaz. D. Antônia agradeceu-me, declarou que não me havia de arrepender do companheiro, e fez grandes elogios do filho. Quis falar de outras cousas; ela, porém, teimava no assunto da viagem, para familiarizar-nos com a ideia, e moralmente **constranger**-me a realizá-la. No dia seguinte voltou à biblioteca, mas com outro pretexto: veio mostrar-me uma **boceta de rapé**, que fora do marido, e que era, realmente, uma perfeição. Não tive dúvida em dizer-lhe isto mesmo, e ela acabou pedindo-me que a aceitasse como lembrança do finado. Aceitei-a constrangido; falamos ainda da viagem, duas palavras apenas, e fiquei só.

Não estava contente comigo. Tinha-me deixado **resvalar** a uma promessa **inconsiderada**, cuja execução parecia complicar-se de circunstâncias estranhas e obscuras, provavelmente sérias. As instâncias de d. Antônia, as razões dadas, as reticências, e finalmente aquele **mimo**, sem outro motivo mais que cativar-me e obrigar-me, tudo isso dava que **cismar**. Na noite desse dia fui à casa do padre Mascarenhas para sondá-lo; perguntei-lhe se sabia alguma cousa do rapaz, se era **peralta**, se tinha irregularidades na vida. Mascarenhas não sabia nada.

— Até aqui suponho que é um modelo de sossego e seriedade, concluiu ele. Verdade seja que só vou lá aos domingos.

— Mas **pelos domingos tiram-se os dias santos**, repliquei rindo.

Félix voltou da roça dous dias depois, num sábado. No domingo não fui lá. Na segunda-feira, falei-lhe da viagem que ia fazer, e do desejo que tinha de o levar comigo: respondeu que seria para ele um grande prazer, se pudesse acompanhar-me, mas não podia. Teimei, pedi-lhe razões, falei com tal interesse, que ele, desconfiado, **fitou**-me os olhos, e disse:

---

Pôr termo a algo é encerrar essa coisa.

Constranger: forçar, obrigar.

Boceta (não se fala mais por razões óbvias) é uma caixinha, e esta guardava tabaco em pó (rapé), muito cheirado pelas pessoas na época.

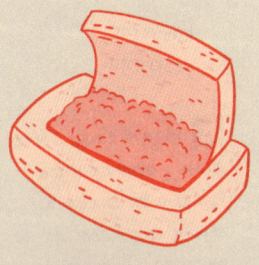

Resvalar: cair, escorregar.

Inconsiderado: impensado, irrefletido.

Mimo: presente, lembrança.

Cismar: pensar, refletir.

Peralta: vadio, preguiçoso.

Quem vai à missa aos domingos é quem leva a sério o que a Igreja manda fazer — ou seja, é todo dia um bom cristão.

Fitar é olhar algo fixamente.

**Tencionar:** pretender, intencionar.

**Admirar:** espantar, surpreender.

🐦 "Ao cabo" é o mesmo que "ao fim".

**Molestado:** ferido, atacado.

**Assomo:** sinal, mostra.

**Encerrar:** limitar, restringir.

🐦 Para o cavalo correr, quem o monta cutuca (pica) o bicho com a espora (peça dentada de metal no calcanhar da bota). Quanto mais forte, mais corre o cavalo.

**Demais:** além disso, aliás.

**Têmpera:** rigidez, firmeza.

**Ultimar:** concluir, terminar.

🐦 Eclesiástico é algo relacionado à Igreja Católica.

🐦 Este "ir" tem sentido de "acontecer".

🐦 A casuarina é um tipo de árvore que lembra o pinheiro.

**Renque:** fileira, ala.

— Foi mamãe que lhe pediu.

— Não digo que não; foi ela mesma. Tinha-lhe dito que **tencionava** ir à Europa, daqui a alguns meses, e ela então falou-me do senhor e das vezes que já lhe tem aconselhado uma viagem. Que **admira**?

Félix conservou os olhos espetados em mim, como se quisesse descer ao fundo da minha consciência. **Ao cabo** de alguns instantes respondeu secamente:

— Nada: não posso ir.

— Por quê?

Aqui teve ele um gesto quase imperceptível de orgulho **molestado**; achou naturalmente esquisita a curiosidade de um estranho. Mas, ou fosse da índole dele, ou do meu caráter sacerdotal, vi desaparecer-lhe logo esse pequeno **assomo**; Félix sorriu e confessou que não podia separar-se da mãe. Eu, a rigor, não devia dizer mais nada, e **encerrar**-me no exame dos papéis; mas a maldita curiosidade **picava-me de esporas**, e ainda repliquei alguma cousa; ponderei-lhe que o sentimento era digno e justo, mas que, tendo de viver com os homens, devia começar por ver os homens, e não restringir-se à vida simples e emparedada da família. **Demais** o contato de outras civilizações necessariamente nos daria **têmpera** ao espírito. Escutou calado, mas sem atenção fixa, e quando acabei, declarou **ultimando** tudo:

— Bem, pode ser que me resolva; veremos. Não vai já? Então depois falaremos disto; pode ser... E o seu trabalho, está adiantado?

Não insisti, nem voltei ao assunto, apesar da mãe, que me falou algumas vezes dele. Pareceu-me que o melhor de tudo era acelerar a conclusão do trabalho, e despregar-me de uma intimidade que podia trazer complicações ou desgostos. As horas que então passei foram das melhores, regulares e tranquilas, ajustadas à minha índole quieta e **eclesiástica**. Chegava cedo, conversava alguns minutos, e recolhia-me à biblioteca até a hora do jantar, que não passava das duas. O café **ia** à grande varanda, que ficava entre a sala de jantar e o terreiro das **casuarinas**, assim chamado, por ter um lindo **renque** dessas árvores, e eu retirava-me antes do pôr do sol. Félix ajudava-me grande parte do tempo. Tinha todas as horas livres, e quando não me ajudava é porque saíra a caçar, ou estava lendo, ou teria ido à cidade a passeio ou a negócio de casa.

Vai **senão quando**, um dia, estando só na biblioteca ouvi rumor do lado de fora. Era a princípio um **chiar de carro de bois**, de que não fiz caso, por já o ter ouvido de outras vezes: devia ser um dos dous carros que traziam da roça para a Casa Velha, uma ou duas vezes por mês, frutas e legumes. Mas logo depois ouvi outro rodar, que me pareceu de sege, vozes trocadas e como que um encontrão dos dous veículos. Fui à janela; era isso mesmo. Uma sege, que entrara depois do carro de bois, foi a este no momento em que ele, para lhe dar passagem, torcia o caminho; o **boleeiro** não pôde conter logo as **bestas**, nem o carro fugir a tempo, mas não houve outra consequência além da **vozeria**. Quando eu cheguei à janela já o carro acabava de passar, e a sege **galgou** logo os poucos passos que a separavam da porta que ficava justamente por baixo de minha janela. Entretanto, não foi tão pouco o tempo que eu não visse aparecer, entre as cortinas entreabertas da sege, a carinha alegre e ridente de uma moça que parecia **mofar** do perigo. Olhava, ria e falava para dentro da sege. Não lhe vi mais do que a cara, e um pouco do pescoço; mas **daí a nada**, parando a sege à porta, as duas cortinas de couro foram corridas para cada lado, e ela e outra desceram rapidamente, e entraram em casa. Hão de ser visitas, pensei comigo.

Voltei para o trabalho; eram onze horas e meia. Perto de uma, entrou na biblioteca o filho de d. Antônia; vinha da **praça**, aonde fora cedo, para tratar de um negócio do tio coronel. Estava **singularmente** alegre, expansivo, fazendo-me perguntas e não **atendendo**, ou atendendo mal às respostas. Não me lembraria disto agora, nem nunca mais, se não se tivesse ligado aos acontecimentos próximos, como veremos. A prova de que não dei então grande importância ao estado de espírito dele, é que daí a pouco quase que não lhe respondia nada, e continuava a ver os papéis. Folheava justamente um maço de

---

*Senão quando: de repente.*

Um dos mais antigos meios de transporte de passageiros e, sobretudo, de carga, o carro de boi lembra uma carroça com uma estrutura toda de madeira — inclusive as rodas — e é puxado por bois. Muito usado no Brasil antigamente, o carro de boi faz uma barulheira muito típica (o chiado) por conta do atrito das suas partes.

Boleeiro é o motorista da carruagem.

*Besta: mula, muar.*

*Vozeria: alarido, barulheira.*

*Galgar: andar, percorrer.*

*Mofar: rir, zombar.*

"Daí a nada", ou seja, "daí a pouco".

Praça, aqui, é espaço onde as pessoas fazem negócios. D. João VI mandou erguer, no centro do Rio, um edifício para isso, conhecido como Praça do Comércio ou Bolsa do Comércio.

*Singular: ímpar, único.*

Aqui, "atender" tem sentido de "prestar atenção".

> Desde o século XVII, Portugal e Espanha brigavam pela posse de terras que hoje são do Uruguai. Então, d. João VI (que já estava no Rio) decidiu invadir e anexar o território todo ao Brasil com o nome de Província Cisplatina (às vezes chamada de província de Montevidéu), oficializando tudo em 1821. Com a Independência, novos conflitos armados surgiram na região do rio da Prata. Dessa vez, a gente perdeu, e aí, em 1825, a tal Província Cisplatina — às vezes chamada também de Banda Oriental — se tornou, enfim, a República Oriental do Uruguai.

cópias relativas à **Cisplatina**, e preferia o silêncio a qualquer assunto de conversa. Félix demorou-se pouco, saiu, mas tornou antes das duas horas, e achou-me concluindo o trabalho do dia, para acudir ao jantar. Daí a pouco estávamos à mesa.

Era costume de d. Antônia vir para a mesa acompanhando a irmã (a senhora idosa que achei na tribuna da capela, no primeiro dia em que ali fui), e assim o fez agora, com a diferença que outra senhora a acompanhava também. Disseram-me que era amiga da família, e chamava-se Mafalda. Logo que nos sentamos, d. Antônia perguntou à hóspeda:

— Onde está Lalau?

— Onde há de estar! talvez brincando com o pavão. Mas, não faz mal, **sinhá** d. Antônia, vamos jantando; ela pode ser que nem tenha vontade de comer; antes de vir comeu um pires de **melado com farinha**.

— A sege chegou muito tarde? perguntou Félix à hóspeda.

— Não, senhor; ainda esperou por nós.

— Seu irmão está bom?

— Está; minha cunhada é que anda um pouco adoentada. Depois da **erisipela** que teve pelo Natal, nunca ficou boa de todo.

Creio que disseram ainda outras cousas; mas não me interessando nada, nem a conversação, nem a hóspeda, que era uma pessoa **vulgar**, fiz o que costumo fazer em tais casos: deixei-me estar comigo. Já tinha compreendido que a hóspeda era uma das que chegaram na sege, que a outra devia ser a mocinha, cuja cara vi entre as cortinas, e finalmente que alguma intimidade haveria entre tal gente e aquela casa, visto que, contra a ordem severa desta, Lalau andava atrás do pavão, em vez de estar à mesa conosco. Mas, em resumo, tudo isso era bem pouco para quem tinha na cabeça a história de um imperador.

Lalau não se demorou muito. Chegou entre o primeiro e o segundo prato. Vinha um pouco esbaforida, voando-lhe os

---

**Acudir:** chegar, comparecer.

"**Sinhá**" era como as pessoas escravizadas costumavam tratar as patroas, usando o que é uma versão da palavra "senhora".

**Melado** (caldo fervido de cana-de-açúcar) com farinha de mandioca é um prato tradicional e bem brasileiro.

**Erisipela** é uma infecção na pele causada por bactérias. Hoje é coisa simples de tratar, mas naqueles tempos era matadora.

**Vulgar:** comum, banal.

**"Deu comigo"**, aqui, significa "notou-me".

**Penitência** é a punição que o padre católico dá ao fiel para que ele pague seus pecados.

Ou seja, ajeitou (**compôs**) a gola larga (**cabeção**).

**Espigado**: alto, crescido.

**Defronte**: em frente.

A aparência (fisionomia) humana se aproximava (**confinava**) à de um anjo (**angélica**).

**Fiar**: acreditar, confiar.

**Talhado**: esculpido, feito.

**Nome doméstico** é um apelido.

> As famílias com alguma ou muitas posses costumavam ter como agregadas pessoas mais pobres ou em situação complicada. Podia ser um adulto, criança ou até uma família inteira que dependia de um proprietário de casa ou terras. Às vezes também era um funcionário e morava com a família do patrão.

**"No mesmo pé"** é "na mesma posição".

---

cabelos, que eram curtinhos e em cachos, e quando d. Antônia lhe perguntou se não estava cansada de travessuras, Lalau ia responder alguma cousa, mas **deu comigo**, e ficou calada. D. Antônia, que reparou nisso, voltou-se para mim.

— Reverendíssimo, é preciso confessar esta pequena e dar-lhe uma **penitência** para ver se toma juízo. Olhe que voltou há pouco e já anda naquele estado. Vem cá, Lalau.

Lalau aproximou-se de d. Antônia, que lhe **compôs o cabeção** do vestido; depois foi sentar-se **defronte** de mim, ao pé da outra hóspeda. Realmente, era uma criatura adorável, **espigadinha**, não mais de dezessete anos, dotada de um par de olhos, como nunca mais vi outros, claros e vivos, rindo muito por eles, quando não ria com a boca; mas se o riso vinha juntamente de ambas as partes, então é certo que **a fisionomia humana confinava com a angélica**, e toda a inocência e toda a alegria que há no céu pareciam falar por ela aos homens. Pode ser que isto pareça exagerado a uns e vago a outros, mas não acho no momento um modo melhor de traduzir a sensação que essa menina produziu em mim. Contemplei-a alguns instantes com infinito prazer. **Fiei**-me do caráter de padre para saborear toda a espiritualidade daquele rosto comprido e fresco, **talhado** com graça, como o resto da pessoa. Não digo que todas as linhas fossem corretas, mas a alma corrigia tudo.

Chamava-se Cláudia; Lalau era o **nome doméstico**. Não tendo pai nem mãe, vivia em casa de uma tia. Quase se pode dizer que nasceu na Casa Velha, onde os pais estiveram muito tempo como **agregados**, e aonde iam passar dias e semanas. O pai, Romão Soares, exercia um ofício mecânico, e antes pertencera à guarda da cavalaria de polícia; a mãe, Benedita Soares, era filha de um escrivão da roça, e, segundo me disse a própria d. Antônia, foi uma das mais bonitas mulheres que ela conheceu desde o tempo do rei.

Lalau, se não nasceu ali, ali foi criada e tratada sempre, ela como a mãe, **no mesmo pé** de outras relações; eram menos agregadas que hóspedas. Daí a intimidade desta mocinha, que chegava a infringir a ordem austera da casa, não indo para a mesa com a dona dela. Lalau andava na própria sege de d. Antônia, vivia do que esta lhe dava, e não lhe dava pouco; em compensação, amava sinceramente a casa e a família. Tendo ficado órfã desde 1831, d. Antônia cuidou de lhe completar a educação; sabia ler e escrever, coser e bordar; aprendia agora a fazer crivo e renda.

Foi d. Antônia quem me deu essas notícias, naquela mesma tarde, ao café, acrescentando que achava bom casá-la quanto antes; tinha a responsabilidade do seu destino, e receava que lhe acontecesse o mesmo que com outra agregada, seduzida por um saltimbanco em 1835.

Nisto a menina veio a nós, olhando muito para mim. Estávamos na varanda.

— Vou confessá-la, disse-lhe eu; mas olhe lá se me nega algum pecado.

— Que pecado, meu Deus! Cruz! Eu não tenho pecado. Nhãtônia é que anda inventando essas coisas. Eu, pecado?

— E as travessuras? perguntei-lhe. Olhe, ainda hoje, quando estava quase a suceder um desastre na estrada, entre o carro de bois e a sege em que a senhora vinha, a senhora, em vez de ficar séria e pensar em Deus, enfiou a cabeça por entre as cortinas para fora, rindo como uma criança.

— Que é ela senão criança? ponderou d. Antônia.

Lalau olhou espantada.

— Onde estava o senhor padre?

— Estava no céu, espiando.

— Ora! diga onde estava.

— Já disse; estava no céu.

— Adeus! diga onde estava!

— Lalau! que modos são esses? repreendeu d. Antônia.

A moça calou-se aborrecida; eu é que fui em auxílio dela, e contei-lhe que estava à janela da biblioteca, quando ela chegara. D. Antônia já sabia tudo, pois ali um acontecimento de nada ou quase nada era matéria de longas conversações. Não obstante, a mocinha referiu ainda o que se passara e as suas

---

Coser: costurar, cerzir.

Crivo é um bordado de origem portuguesa que se espalhou pelo Brasil, feito tradicionalmente em cima de um pedaço de linho desfiado.

Saltimbanco é o artista de rua, de circo ou vendedor ambulante charlatão, farsante, ou seja, alguém não confiável.

"Nhãtônia" é a mistura de "sinhá" com "Antônia".

> A expressão original era "a troncos e barrancos", segundo a filologia. Mais tarde é que mudou para "a trancos".

> Peça é uma parte da casa, um cômodo.

Distinguir: identificar, reconhecer.

sensações alegres. Confessou que não tinha medo de nada, e até que queria ver um desastre para compreender bem o que era. Como a conversação dela era **a troncos**, interrompeu-se para perguntar-me se era eu quem iria agora dizer missa lá em casa, em vez do padre Mascarenhas. Respondi-lhe que não, quis saber o que estava fazendo na biblioteca. Disse-lhe que fazia crivo. Ela pareceu gostar da resposta; creio que achou entre os nossos espíritos algum ponto de contato.

A verdade é que, no dia seguinte, vendo-me entrar e ir para a biblioteca, ali foi ter comigo, ansiosa de saber o que eu estava fazendo. Como lhe dissesse que examinava uns papéis, ouviu-me atenta, pegou curiosa de algumas notas, e dirigiu-me várias perguntas; mas deixou logo tudo para contemplar a biblioteca, **peça** que raramente se abria. Conhecia os retratos, **distinguiu**-os logo; ainda assim parecia tomar gosto em vê-los, principalmente o do ex-ministro, quis saber se ela o conhecera; respondeu-me que sim, que era um bonito homem, e fardado então parecia um rei. Seguiu-se um grande silêncio, durante o qual ela olhou para o retrato, e eu para ela, e que se quebrou com esta frase murmurada pela moça, entre si e Deus:

— Muito parecido...

— Parecido com quem? perguntei.

Lalau estremeceu e olhou para mim, envergonhada. Não era preciso mais: adivinhei tudo. Infelizmente tudo não era ainda tudo.

**Amor non improbatur**, escreveu o meu grande santo Agostinho. A questão para ele, como para mim, é que as criaturas sejam amadas e amem em Deus. Assim, quando desconfiei, por aquele gesto, que esta moça e Félix eram namorados, não os condenei por isso, e para dizer tudo, confesso que tive um grande contentamento. Não sei bem explicá-lo; mas é certo que, sendo ali estranho, e vendo esta moça pela primeira vez, a impressão que recebi foi como se tratasse de amigos velhos. Pode ser que a simpatia da minha natureza explique tudo; pode ser também que esta moça, assim como fascinara o Félix para o amor, acabasse de fascinar-me para a amizade. Uma ou outra cousa, **à escolha**, a verdade é que fiquei satisfeito e os aprovei comigo.

Entretanto, **adverti** que da parte dele não vira nada nem à mesa, nem na varanda, nada que mostrasse igual afeição.

> Traduzindo do latim: "o amor não deve ser reprovado". Esse é o título de um dos capítulos do livro *Confissões*, do santo Agostinho (354-430), que no começo era chegado em farras, mas depois se converteu ao catolicismo e chegou a virar bispo de Hipona, cidade do Império Romano onde hoje é a Argélia, e santo. Seus escritos sobre vida, religião, conceitos morais e existência humana são até hoje uma importante influência na filosofia e no cristianismo.

"À escolha", ou seja, "tanto faz".

Advertir: notar, perceber.

**"Dar-se-ia"** aqui tem sentido de "será".

**Prazenteiro:** alegre, simpático.

**"Posto que"** é o mesmo que "apesar de".

**Afável:** gentil, cordial.

**Assiduidade:** frequência, constância.

**"Vulgarizar"**, aqui, é tornar algo banal, comum.

Antes da caneta, a ponta oca e durinha da pena era mergulhada em tinta e usada para escrever.

Batina é uma veste comprida e preta, uniforme obrigatório dos padres católicos do século XI até os anos 1960.

Les Martyrs (Os mártires), de René de Chateaubriand (1768-1848), saiu em 1809 e tenta mostrar que o cristianismo dá conta de vencer o paganismo ao falar do amor de Eudoro e Cimódoce, perseguidos pelo imperador Diocleciano por serem cristãos. Ela é sequestrada e aprisionada, e ele é jogado na arena para enfrentar animais ferozes. Cimódoce consegue fugir e invade a arena para morrer junto ao amado. Já o bispo Cirilo participa da treta apoiando o casal cristão, mas não sofre nenhuma punição.

**Cuidar:** imaginar, supor.

---

**Dar-se-ia** que só ela o amasse, não ele a ela? A hipótese afligiu-me. Achava-os tão ajustados um ao outro, que não acabarem ligados, parecia-me uma violação da lei divina. Tais eram as reflexões que vim fazendo, quando dali voltei nesse dia, e para quem andava à cata de documentos políticos, não é de crer que semelhante preocupação fosse de grande peso; mas nem a alma de um homem é tão estreita que não caibam nela cousas contrárias, nem eu era tão historiador como presumira. Não escrevi a história que esperava; a que de lá trouxe é esta.

Não me foi difícil averiguar que o Félix amava a pequena. Logo nos primeiros dias pareceu-me outro, mais **prazenteiro**, e, à mesa ou fora dela, pude apanhar alguns olhares, que diziam muito. Observei também que essa moça, tão criança, era inteiramente mulher quando os olhos dela encontravam os dele, como se o amor fosse a puberdade do espírito, e mais notei que, se toda a gente a tratava de um modo afetuoso, mas superior, ele tinha para com ela atenções e respeito.

Já então não ia eu ali todos os dias, mas três ou quatro vezes por semana. A dona da casa, **posto que** sempre **afável**, recebia a impressão natural da **assiduidade**, que **vulgariza** tudo. Os dous, não; o Félix vinha muitas vezes esperar-me a distância da casa, e na casa, ao portão, ou na varanda, achava sempre a mocinha, rindo pela boca e pelos olhos. É bem possível que eu fosse para eles como o traço de **pena** que liga duas palavras; é certo, porém, que gostavam de mim. Eu, entre ambos, com a minha **batina** (deixem-me confessar esta vaidade) tinha uns ares do **bispo Cirilo entre Eudoro e Cimódoce**.

Há de parecer singular que não me lembrasse logo do pedido de d. Antônia para que o filho me acompanhasse à Europa, e o não ligasse a este amor nascente: lembrei-me depois. A princípio, vendo a afeição com que ela tratava a mocinha, **cuidei** que os aprovava. Mais tarde, quando me recordei do pedido, acreditei que esse amor era para ela o remédio ao mal secreto do filho, se algum havia, que me não quisera revelar.

Durante os primeiros dias, depois da chegada de Lalau, nada aconteceu que mereça a pena contar aqui. Félix acompanhava-me no trabalho, mas interrompidamente, e às vezes, se saía a algum negócio da casa, só nos víamos à mesa do jantar. Lalau não ia à biblioteca; um dia, porém, atreveu-se a entrar às escondidas, e foi ter comigo. Suspendi o trabalho, e conversamos perto de meia hora, sobre uma infinidade de cousas, presentes e passadas. Eram mais de onze horas; o dia estava quente, o ar parado, a casa silenciosa, salvo um ou outro **mugido**, ao longe, ou algum canto de passarinho. Eu, com os **estudos clássicos** que tivera, e a grande tendência idealista, dava a tudo a cor das minhas **reminiscências** e da minha índole, acrescendo que a própria realidade externa, – antiquada e **solene** nos móveis e nos livros, recente e graciosa em Lalau, – era propícia à **transfiguração**.

Deixei-me ir ao sabor do momento. Notem bem que ela, às vezes, ouvia mal, ou não sabia ouvir absolutamente, com os olhos vagos, pensando em outra cousa. Outras vezes interrompia-me para fazer um reparo inútil. Já disse também que tinha a conversação truncada e salteada. Com tudo isso, era interessante falar-lhe, e principalmente ouvi-la. Sabia, no meio das **puerilidades** frequentes da palavra, não destoar nunca da consideração que me devia; e tanto era curiosa como franca.

— Teve medo? disse ela.

— Como é que a senhora entrou?

— Entrando; vi o senhor aqui, e vim muito devagar, pensando que não chegasse ao fim da sala, sem que o senhor me ouvisse, mas não ouviu nada, todo **embebido** no que está escrevendo. O que é?

— Cousas sérias.

— Nhãtônia disse que o senhor está aqui fazendo umas **notas** políticas para pôr num livro.

— Então se sabia como é que me perguntou?

Lalau encolheu os ombros.

— Fez mal, disse eu. Olhe que eu sou padre, posso pregar-lhe um sermão.

---

Mugido é o som da vaca fazendo muuuuuu...

Os estudos clássicos se dedicam à história, à cultura, à língua, às artes e à filosofia da antiguidade greco-romana.

Reminiscência: memória, lembrança.

Solene: formal, protocolar.

Transfiguração: transformação, metamorfose.

Puerilidade: imaturidade, infantilidade.

Embeber: mergulhar, banhar, molhar.

Nota: anotação, apontamento.

**A Igreja de Nossa Senhora do Carmo da Lapa do Desterro** fica no largo da Lapa, no centro do Rio, pertinho do Passeio Público.

**Latinório** é o uso exagerado e confuso do latim, o que se dava quase na missa toda, já que só após 1962 as missas deixaram de usá-lo.

Tornar: voltar, retornar.

"Fazer impressão" é "impressionar".

**Capelão** é o padre encarregado de uma capela particular ou que atua num convento, hospital, prisão ou regimento militar.

Conseguinte: resultante, decorrente.

Casual: eventual, por acaso, acidental.

Romper: interromper.

Lambuzão: desleixado, mal-arrumado.

Rasgo: ímpeto, impulso.

— O senhor prega sermões? por que não vem pregar aqui, na quaresma? Eu gosto muito de sermões. No ano passado, ouvi dous, na **igreja da Lapa**, muito bonitos. Não me lembra o nome do padre. Eu, se fosse padre, havia de pregar também. Só não gosto dos **latinórios**; não entendo.

Falou assim, a troncos, uns bons cinco minutos; eu deixei-a ir, olhando só, vivendo daquela vida que jorrava dela, cristalina e fresca. No fim, Lalau sentou-se, mas não se conservou sentada mais de dous minutos, levantou-se outra vez para ir à janela, e **tornou** dentro para mirar os livros. Achou-os grandes demais; admirava como havia quem tivesse a paciência de os ler. E depois alguns eram tão velhos!

— Que tem que sejam velhos? retorqui. Deus é velho, e é a melhor leitura que há.

Lalau olhou espantada para mim. Provavelmente era a primeira vez que ouvia uma figura daquelas, **fez-lhe impressão**. Teimou depois que os livros velhos pareciam-se com o antigo **capelão** da casa, o antecessor do padre Mascarenhas, que andava com a batina empoeirada, e tinha a cara feita de rugas. **Conseguintemente** vieram histórias do capelão. Em nenhuma delas, nem de outras entrava o Félix; exclusão que podia ser natural, mas que me não pareceu **casual**. Como eu lhe dissesse que não se deve mofar dos padres, ela ficou muito séria e atenta; depois **rompeu**, rindo:

— Mas não é do senhor.

— De mim ou de outro, é a mesma cousa.

— Ora, mas o outro era tão feio, tão **lambuzão**...

Disse-lhe, com as palavras que podia, que o padre é padre, qualquer que seja a aparência. Enquanto lhe falava, ela dava alguns passos de um lado para outro, cuido que para sentir o tapete debaixo dos pés; não o havia senão ali e na sala de visitas, fechada sempre. De quando em quando parava e olhava de cima as figuras desbotadas do chão; outras vezes deixava escorregar o pé, de propósito. Tinha o **rasgo** pueril de achar prazer em qualquer cousa.

— Está bom, está bom, disse-me ela finalmente, não precisa brigar comigo; não falo mais do capelão. Pode continuar o seu trabalho, vou-me embora.

– Não é preciso ir embora.

– Muito obrigada! Quer que fique olhando para as paredes, enquanto o senhor trabalha...

– Mas se eu não estou trabalhando! Olhe, se quer que eu não faça nada, sente-se um pouco, mas sente-se de uma vez.

Lalau sentou-se. A cadeira em que se sentou era uma velha cadeira de **espaldar** de couro **lavrado**, e pés em arco. Dali, olhava para fora, e o sol, entrando pela janela, vinha morrer-lhe aos pés. Para não estar em completo sossego, começou a brincar com os dedos; mas cessou logo, quando lhe perguntei, **à queima-roupa**, se se lembrava da mãe. As feições da moça perderam instantaneamente o ar alegre e descuidado: tudo o que havia nelas **frívolo** converteu-se em **gravidade e compostura**, e a criança desapareceu, para só deixar a mulher com a sua saudade filial.

Respondeu-me com uma pergunta. Como podia esquecê-la? Sim, senhor, lembrava-se dela, e muito, e rezava por ela todas as noites para que Deus lhe desse o céu. E com certeza estava no céu. Era boa como eu não podia imaginar, e ninguém foi nunca tão amiga dela, como a defunta. Não negava que Nhãtônia lhe queria muito, e tinha provas disso, e assim também as **mais** pessoas da casa; mas a mãe era outra cousa. A mãe morria por ela, e quase se pode dizer que foi assim mesmo, porque apanhou uma **constipação**, estando a tratá-la de uma febre, e ficou com uma tosse que nunca mais

> Espaldar é o encosto da cadeira.

> Lavrado: trabalhado, ornamentado.

> "À queima-roupa" é "muito de perto", mas também dá a ideia de algo repentino, que pega a pessoa desprevenida.

> Frívolo: pueril, fútil.

> Ou seja, seriedade (gravidade) e decoro (compostura).

> Mais: outras, demais.

> Constipação: gripe, resfriado.

a deixou. O doutor negou, disse que a morte foi de outra cousa; ela, porém, desconfiou sempre que a doença da mãe começou dali. Tão boa que nem quis que ela a visse morrer, para não padecer mais do que padecia. Não pôde vê-la morrer, viu-a depois de morta, tão bonita! tão serena! parecia viva!

Aqui levou os dedos aos olhos; eu levantei-me e disse-lhe que mudássemos de conversa, que a mãe estava no céu, e que a vontade de Deus era mais que tudo. Lalau escutou-me com os olhos parados, – ela que os trazia como um casal de borboletas, – e depois de alguns instantes de silêncio, continuou a falar da mãe, mas já não da morte, senão da vida, e particularmente da beleza. Não, eu não podia imaginar como a mãe era bonita; até parava gente na rua para vê-la. E descreveu-a toda, como podia, mostrando bem que as graças físicas da mãe, aos olhos dela, eram ainda uma qualidade moral, uma feição, alguma cousa especial e genuína que não possuíram nunca as outras mães.

– Deus que a chamou para si, disse-lhe eu, lá sabe por que é que o fez. Agora tratemos dos vivos. Ela está no céu, a senhora está aqui, ao pé de pessoas que a estimam...

– Oh! eu dava tudo para tê-la ao pé de mim, na nossa casinha da **Cidade Nova**! A casa era isto, – continuou ela levantando as mãos abertas, diante do rosto, e marcando assim o tamanho de um palmo, – ainda me lembro bem, era nada, quase nada, – não tinha lá tapetes nem dourados, mas mamãe era tão boa! tão boa! Coitada de mamãe!

> Havia uma área meio pantanosa entre o centro do Rio e a zona norte, entre a Tijuca e São Cristóvão. No início do século XIX, as autoridades resolveram aterrar esse espaço para melhorar o ir e vir de uma parte à outra da cidade. Nascia assim a tal Cidade Nova, bairro central da capital fluminense.

– Olhe o sol! disse eu procurando desviar-lhe a atenção.

Com efeito, o sol, que ia subindo, começava a lamber-lhe a barra do vestido. Lalau olhou para o chão, quis recuar a cadeira, mas sentindo-a pesada, levantou-se e veio ter comigo; pedindo-me desculpa de tanta cousa que dissera, e não interessava a ninguém; e não me deu tempo de replicar, porque acrescentou logo outro pedido: – que não contasse nada a Nhãtônia.

– Por quê?

— Ela pode acreditar que eu disse isto, por não estar bem aqui, e eu estou muito bem aqui, muito bem.

Quis retê-la, mas a palavra não alcançou nada, e eu não podia pegar-lhe nas mãos. Deixei-a ir, e voltei às minhas notas. Elas é que não voltaram a mim, por mais que tentasse buscá-las e transcrevê-las.

Lalau ainda tornou à sala, daí a três ou quatro minutos, para **reiterar** o último pedido; prometi-lhe tudo o que quis. Depois, fitando-me bem, acrescentou que eu era padre, e não podia rir dela nem faltar à minha palavra.

— Rir? disse eu em tom de censura.

— Não se zangue comigo, acudiu sorrindo; digo isto porque sou muito medrosa e desconfiada.

E, rápida, como passarinho, deixou-me outra vez só. Desta vez não tornei às notas; fiquei passeando na longa sala, **costeando** as estantes, detendo-me para mirar os livros, mas realmente pensando em Lalau. A simpatia que me arrastava para ela **complicava**-se agora de veneração, diante daquela explosão de sensibilidade, que estava longe de esperar da parte de uma criatura tão travessa e pueril. Achei nessa saudade da mãe, tão viva, após longos anos, um **documento** de grande valor moral, pois a afeição que ali lhe mostravam, e o próprio contato da **opulência** podiam naturalmente tê-la **amortecido** ou substituído. Nada disso; Lalau daria tudo para viver ao pé da mãe. Tudo? Pensei também no silêncio que me recomendou, medrosa de que a achassem ingrata, e este rasgo não me pareceu menos valioso que o outro: era claro que ela compreendia as induções possíveis de uma dor que persiste, a despeito dos carinhos com que cuidavam tê-la eliminado, e queria poupar aos seus benfeitores o amargor de crer que empregavam mal o benefício.

Pouco depois chegou o Félix. Veio falar-me; disse-me que tinha uma boa notícia, que ia mudar de roupa e voltava. Vinte minutos depois estava outra vez comigo, e confiava-me o plano de fazer-se eleger deputado.

— Até agora não tinha resolvido nada, mas acho que devo fazê-lo. Sigo a carreira de papai. Que lhe parece, Reverendíssimo?

*Reiterar: repetir, insistir.*

*Costear é passar bem pertinho.*

*Complicar: aumentar, complexificar.*

*Documento: prova, demonstração.*

*Opulência: luxo, riqueza.*

*Amortecer aqui tem o sentido de diminuir.*

> "Com fumaças" é o mesmo que "com a pretensão", "com a fantasia".

> Ou seja, mais (antes) teórico (especulativo) que prático (ativo).

> "Advertido pelo" aqui tem sentido de "reparando no", "se dando conta do".

Furo: saída, caminho.

> O período regencial foi o vácuo no trono, de 1831 a 1840, quando d. Pedro I abdicou, mas o filho sucessor tinha só cinco anos. Então, por lei, três caras deviam cobrir esse buraco. Por isso houve a regência provisória trina e a regência permanente trina. Mais tarde, porém, o trio foi substituído por uma só figura: a regência una do Feijó e a regência una do Araújo Lima. Aqui, o regente do texto é Pedro de Araújo Lima (1793-1870), o marquês de Olinda, que governou de 1837 a 1840.

Plausível: razoável, aceitável.

Apreciação: análise, avaliação.

Apalpar: sondar, investigar.

> Ou seja, o comportamento (fórmulas) e as opiniões (juízos).

> Esse círculo é o círculo social.

Encetar: estabelecer.

— Parece-me bem. Todas as carreiras são boas, exceto a do pecado. Também eu algum tempo, andei **com fumaças** de entrar na câmara; mas não tinha recursos nem alianças políticas; desisti do emprego. E assim foi bom. Sou **antes especulativo que ativo**; gosto de escrever política, não de fazer política. Cada qual como Deus o fez. O senhor, se sair a seu pai, é que há de ser ativo, e bem ativo. A cousa é para breve?

Não me respondeu nada; tinha os olhos fora dali. Mas logo depois, **advertido pelo** silêncio:

— O quê? Ah! não é para já; estou arranjando as cousas. Estive com alguns amigos de papai, e parece que há **furo**. Como sabe há muitos desgostos contra o **regente**... Se o imperador já tivesse a idade de constituição é que era bom; ia-se embora o regente e o resto... Pois é verdade, creio que sim... Entretanto, nunca tinha pensado nisto seriamente; mas as cousas são assim mesmo... Que acha?

— Acho que faz bem.

— Em todo o caso, peço-lhe segredo; não diga nada a mamãe.

— Crê que ela se oponha?

— Não; mas... pode ser que não se alcance nada, e para lhe não dar uma esperança que pode falhar... É só isto.

Era **plausível** a explicação; prometi-lhe não dizer nada. Creio que falamos ainda de política, e da política daqueles últimos dez anos, que não era pouca nem plácida. Félix não tinha certamente um plano de ideias, e **apreciações** originais; através das palavras dele, **apalpava** eu as **fórmulas e os juízos** do **círculo** ou das pessoas com quem ele lidava para o fim de **encetar** a carreira. Agora, a particularidade dele era ter a clareza e retidão de espírito precisas para só recolher do que ouvia a parte sã e justa, ou, pelo menos, a porção moderada. Nunca andaria nos extremos, qualquer que fosse o seu partido.

— Trabalhou muito hoje? perguntou-me ele quando nos preparávamos para jantar.

— Pouco; tive uma visita.

— Mamãe?

— Não; outra pessoa, Lalau, não é assim que lhe chamam? Esteve aqui uma meia hora. Podia estar três ou quatro horas que eu **não dava por** isso. Muito engraçada!

> "Não dar por" é não perceber, não notar.

— Mamãe gosta muito dela, disse ele.

— Todos devem gostar dela; não é só engraçada, é boa, tem muito bom coração. Digo-lhe que pus de lado **o imperador, os Andradas, o Sete de Abril**, pus tudo de lado só para ouvi-la falar. Tem cousas de criança, mas não é criança.

> Isso tudo é referência à bagunça política em torno da renúncia de d. Pedro I, que abdicou do trono em 7 de abril de 1831 para voltar para Portugal e tentar consertar o rolo por lá com o reinado da sua filha, Maria da Glória (1819-53). E os irmãos Andrada — José Bonifácio de Andrada e Silva, Antônio Carlos Ribeiro de Andrada Machado e Silva (1773-1845) e Martim Francisco Ribeiro de Andrada (1775-1844) — eram muito influentes no governo de d. Pedro I e diziam que eram os homens mais poderosos do Primeiro Reinado.

— Muito inteligente, não acha?

— Muito.

— De que falaram?

— De mil cousas, talvez duas mil; com ela é difícil contar os assuntos; vai de um para outro com tal rapidez que, se a gente não toma cuidado, cai no caminho. Sabe que ideia tive aqui, olhando para ela?

— Que foi?

— Casá-la.

— Casá-la? perguntou ele vivamente.

— Casá-la eu mesmo; ser eu o padre que a unisse ao escolhido do seu coração, quando ela o tivesse...

Félix não disse nada, sorriu **acanhadamente**, e, pela primeira vez, suspeitei que as intenções do rapaz podiam ser **mui** outras das que lhe supunha até então, que haveria nele, porventura em vez de um marido, um sedutor. Não **alcanço** exprimir como me doeu esta suposição. Ia tanto para a moça, que era já como se fosse minha irmã, o meu próprio sangue, que um estranho ia corromper e prostituir. Quis continuar a falar, para **escrutar**-lhe bem a alma; não pude, ele **esquivou**-se, e fiquei outra vez só. Nesse dia retirei-me um pouco mais cedo. D. Antônia achou-me preocupado, eu disse-lhe que tinha dor de cabeça.

> Acanhado: encabulado, embaraçado.
>
> Mui: muito.
>
> Alcançar: conseguir, lograr.
>
> Escrutar: investigar, pesquisar.
>
> Esquivar: fugir, escapar.

**Afigurar:** parecer, aparentar.

**Certo:** de verdade, confirmado.

**Arredar:** afastar, distanciar.

Casa-grande era a residência senhorial dos tempos coloniais e da escravatura.

**Laia:** classe, categoria.

**Atinar:** deduzir, compreender.

"Cumprir", neste caso, é ser conveniente.

"De mais a mais" é o mesmo que "além do mais".

As pessoas de meu temperamento entender-me-ão. Bastou que uma ideia se me **afigurasse** possível para que eu a acreditasse **certa**. Vi a menina perdida. Não houvera ali uma agregada, seduzida em 1835, por um saltimbanco, como me dissera d. Antônia? Agora não seria um saltimbanco, mas o próprio filho da dona da casa. E assim explicou-se-me a teima de d. Antônia em **arredar** o filho do Rio de Janeiro, comparada com a afeição que tinha à menina. Refleti na distância social que os separava: Lalau era admitida na intimidade da família, mas o rapaz, filho de ministro e aspirante a ministro, e mais que tudo filho de **casa-grande**, tendo herdado o sangue do bisavô, tão orgulhoso nas veias da mãe, reservar-se-ia para algum casamento de outra **laia**. Como, porém, ela era bonita, e a natureza tem leis diferentes da sociedade, e não menos imperiosas, Félix achara um modo de conciliar umas e outras, amando sem casar.

Tudo isso que fica aí em resumo, foram as minhas reflexões do resto do dia, e de uma parte da noite. Estava irritado contra o rapaz, temia por ela, e não **atinava** com o que **cumpria** fazer. Pareceu-me até que não devia fazer nada, ninguém me dava direito de presumir intenções e intervir nos negócios particulares de uma família que, **de mais a mais**, enchia-me de obséquios. Isto era verdade; mas, como eu quero dizer tudo, direi um segredo de consciência. Entre a verdade daquele conceito e o impulso do meu próprio coração, introduzi um princípio religioso, e disse a mim mesmo que era a caridade que me obrigava, que no Evangelho acharia um motivo anterior e superior a todas as convenções humanas. Esta **dissimulação** de mim para mim podia calá-la agora, que os acontecimentos lá vão, mas não daria uma parte da história que estou narrando, nem a explicaria bem.

Lalau não me saía da cabeça; as palavras dela, suas maneiras, ingenuidade e lágrimas **acudiram-me em tropel** à memória, e davam-me força para tentar dominar a situação e desviar o curso dos acontecimentos. No dia seguinte de manhã quis rir de mim mesmo e dos meus planos de **d. Quixote**, remédio heroico, porque é tal a risada do **apupo** que ninguém a tolera **ainda em si mesmo**; mas não consegui nada. A consciência ficou séria, e a contração do riso desmanchou-se diante da sua **impassibilidade**. Compus cinco ou seis planos diferentes, alguns absurdos. O melhor deles era avisar a tia da menina; mas rejeitei-o logo por achá-lo odioso. Em verdade, ia dissolver laços íntimos, a título de uma suspeita, que apenas podia explicar a mim mesmo. E, se era odioso, não era menos imprudente; podia supor-se que eu **cedia** a um sentimento pessoal e **reprovado.** Rejeitei da vista esta segunda razão, mas atirei-me à primeira, e **dei de mão** ao plano.

O melhor de tudo, refleti finalmente, é observar e fazer o que puder, segundo as circunstâncias, mas de modo que evite **estralada**.

Tinha de ir almoçar com um padre italiano, no Hospício de Jerusalém, o mesmo que me falara da obra florentina, e me dera ocasião de brilhar na Casa Velha. Fui almoçar; no fim do almoço, apareceu lá um recém-chegado, um missionário que vinha das partes da China e do Japão, e trazia muitas **relíquias** preciosas. Convidaram-me a vê-las. O missionário era lento na ação e **derramado** nas palavras, de modo que despendemos naquilo um tempo infinito, e saí de lá tão tarde que não pude ir nesse dia à Casa Velha. De noite, constipei-me, apanhei uma febre, e fiquei cinco dias de cama.

---

*Dissimulação: fingimento, hipocrisia.*

Ou seja, apareceram (acudiram) aos montes (em tropel).

Este é o herói do livro *O engenhoso fidalgo Dom Quixote de la Mancha*, do espanhol Miguel de Cervantes Saavedra (1547-1616). Publicada em 1605, a obra narra como Alonso Quijano enlouquece e passa a achar que é dom Quixote, um cavaleiro medieval que defende os fracos e oprimidos na companhia do escudeiro Sancho Pança.

*Apupo: vaia, troça.*

"Ainda em si mesmo" é "mesmo que feito consigo próprio".

*Impassibilidade: frieza, insensibilidade.*

*Ceder: render, sucumbir.*

*Reprovado: inadequado.*

*Dar de mão: abandonar.*

*Estralada: tumulto.*

Relíquia é algo raro e precioso, mas para os católicos pode ser um item que foi de um santo.

"Derramado", aqui, equivale a "exagerado".

# IV

**Estava prestes a deixar a cama, quando o Félix me apare-**ceu em casa, pedindo desculpa de não ter vindo mais cedo, porque só na véspera soubera da minha doença. Trouxe-me **visitas** da mãe e de Lalau.

— Isto não é nada, disse-lhe eu; e se quer que lhe confesse, até foi bom adoecer para descansar um pouco.

— Virgem Maria! Não diga isso.

— Digo, digo. E não só para descansar, mas até para refletir. Doente, que não lê nem conversa, nem faz nada, pensa. Eu vivo só, com o preto que o senhor viu. Vem aqui um ou outro amigo, raro; passo as horas solitárias, olhando para as paredes, e a cabeça...

— A culpa é sua, interrompeu-me ele; podia ter ido para a nossa casa, logo que se sentiu **incomodado**. É o que devia ter feito. Não imagina mamãe como ficou **cuidadosa**, quando soube que o senhor estava de cama. Queria que eu viesse ontem mesmo, de noite, visitá-lo; eu é que disse que podia

---

*Visitas: saudações, cumprimentos.*

*Incomodado: indisposto, adoentado.*

*Cuidadoso: inquieto, preocupado.*

estar acomodado, e a visita seria antes uma importunação. – E a sua amiguinha!

– Lalau?

– Ficou branca como uma cera, quando ouviu a notícia; e pediu-me muito que lhe trouxesse lembranças dela, que lhe desse conselho de não fazer imprudências, de não apanhar chuva, nem **ar**, nem nada, para não recair, que as recaídas são piores... Veja lá, se, em vez de se meter na cama, aqui em casa, tivesse ido para a nossa Casa Velha, lá teria duas enfermeiras **de truz**, e um leitor, como eu, para lhe ler tudo o que quisesse.

– Obrigado, obrigado; agradeço a todos, tanto a elas como ao senhor. Ficará para a outra moléstia. E, na verdade, é possível que então não pensasse em nada...

– Justo.

– ... Nem em ninguém. Ah! então Lalau disse isso? Foi exatamente nela que estive pensando.

– Como assim?

Ouvi passos e vozes na sala; era o meu preto que trazia um padre a visitar-me. Noutra ocasião, é possível que o Félix se despedisse e cedesse o lugar ao padre; mas a curiosidade valeu aqui ainda mais do que a afeição, e ele ficou. O padre esteve poucos minutos, dez ou vinte, não me lembra, dando-me algumas notícias eclesiásticas, contando anedotas de sacristia, que o Félix escutou com grande interesse, talvez aparente, para justificar a demora. Afinal, saiu, e ficamos outra vez sós. Não lhe falei logo de Lalau; foi ele mesmo que, depois de alguns **farrapos** de conversação, ditos soltos, reparos sem valor, me perguntou o que é que pensara dela. Eu, que os espreitava de longe, acudi à pergunta.

– Estive pensando que essa moça é superior à sua condição, disse eu. A senhora d. Antônia falou-me de outra agregada que, há quatro anos, foi ali seduzida por um saltimbanco. Não creio que esta faça a mesma cousa, porque, apesar da idade e do ar pueril, acho-lhe muito juízo; creio antes que escolherá marido, e viverá honestamente. Mas é aqui o ponto. O marido que ela escolher pode bem ser da mesma condição que ela, mas muito inferior moralmente, e será um mau casamento.

> Esse ar seria vento ou friagem.

> De truz: excelente, muito bom.

> Farrapo: trapo, resto.

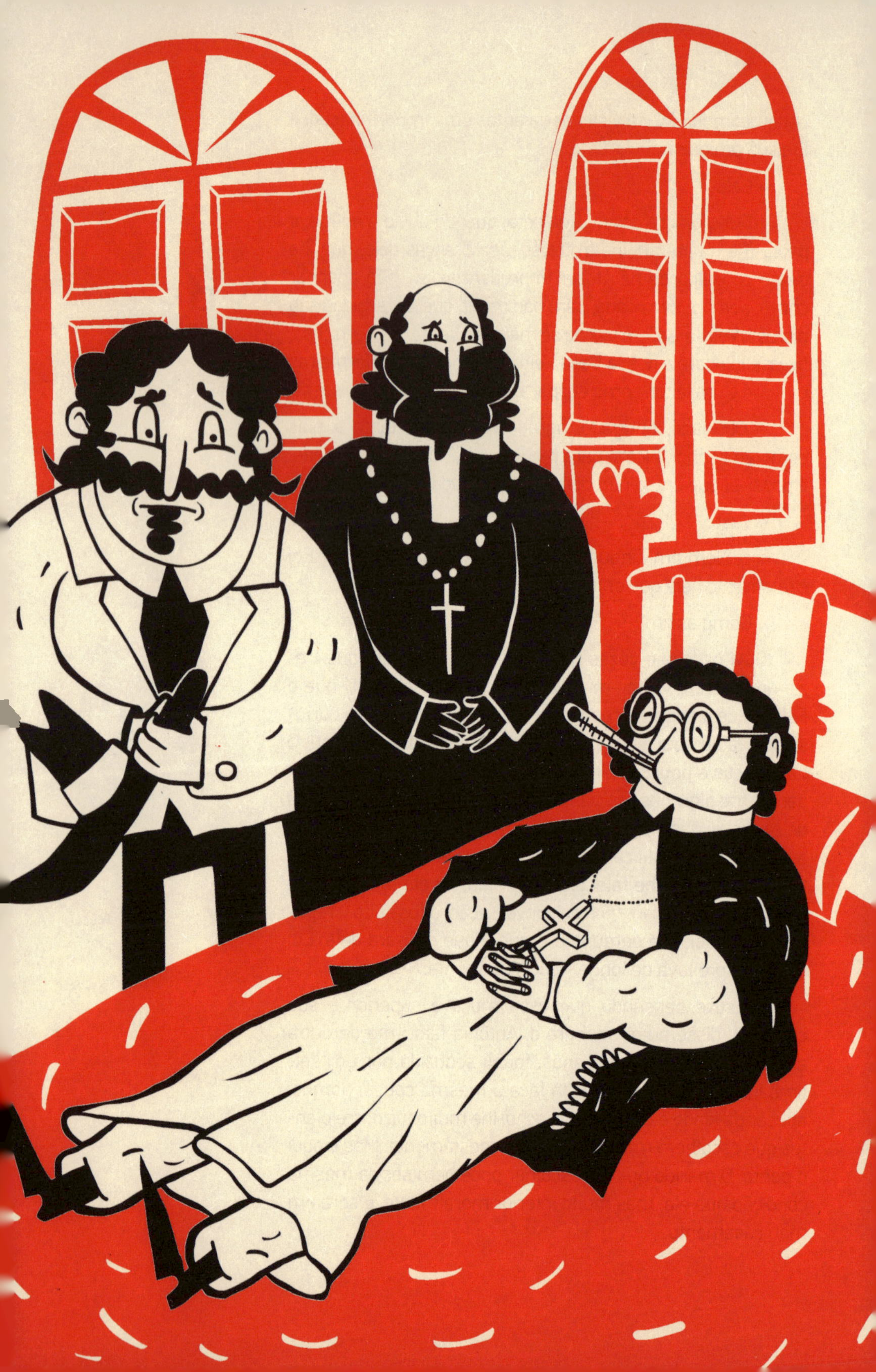

Félix dividia os olhos entre mim e a ponta do sapato. Quando acabei, achou-me razão.

— Não lhe parece? perguntei.

— Decerto.

— Bem sei que é esquisito meter-me assim em cousas alheias...

— Nada é alheio para um bom padre como o senhor, disse ele com gravidade.

— Obrigado. Confesso-lhe, porém, que essa moça excitou a minha piedade. Já lhe disse: tem cousas de criança, mas não é criança. Entregá-la a um homem vulgar, que não a entenda, é fazê-la **padecer**. Não sei se a senhora d. Antônia fez bem em **apurar** tanto a educação que lhe deu, e os hábitos em que a fez educar; não porque ela não se acomode a tudo, como um bom coração que é, mas porque, apesar disso, há de custar-lhe muito baixar a outra vida. Olhe que não é censurar...

— Pelo amor de Deus! sei o que é. Pensa que eu não estou com a sua opinião? Estou e muito. Mamãe é que pode ser que não esteja conosco. Já tem pensado em várias pessoas, segundo me consta, e de uma delas chegou a falar-me; era o Vitorino, filho do **segeiro** que nos conserta as carruagens. Ora veja!

— Não conheço o Vitorino.

— Mas pode imaginá-lo.

Olhei para ele um instante. Pareceu-me que estava de **boa-fé**; mas era possível que não, e cumpria arrancar-lhe a verdade. Inclinei-me, e disse que já tinha um noivo em vista, muito superior ao Vitorino.

— Quem é? perguntou ele inquieto.

— O senhor.

Félix teve um **sobressalto**, e ficou muito vermelho.

— Desculpe-me se lhe digo isto, mas é a minha opinião, e não vale mais que opinião. Há grande diferença social entre um e outro, mas a natureza, assim como a sociedade a corrige, também às vezes corrige a sociedade. Compensações que Deus dá. Acho-os dignos um do outro; os sentimentos

*Padecer: sofrer, penar.*

*Apurar: caprichar, aperfeiçoar.*

*Segeiro é um fabricante e consertador de carruagens (seges).*

*Boa-fé: sinceridade, honestidade.*

*Sobressalto: susto, surpresa.*

dela e os seus são da mesma espécie. Ela é inteligente, e o que lhe poderia faltar em educação já sua mãe lho deu. Teria alguma dúvida em casar com ela?

Félix estendeu-me a mão.

— Não lhe nego nada, o senhor já adivinhou tudo, disse ele. E continuou, depois de haver-me apertado a mão: Que dúvida poderia ter? Ela merece um bom marido, e eu acho que não seria de todo mau. Resta ainda um ponto.

— Que ponto?

Hesitou um instante, bateu com a mão nos joelhos duas ou três vezes, olhando para mim, como querendo adivinhar as minhas intenções.

— Resta mamãe, disse finalmente.

— Opõe-se?

— Creio que sim.

— Mas não é certo.

— Há de ser certo. Digo-lhe tudo, como se falasse a um amigo velho de nossa casa. Mamãe percebeu, como o senhor, que nós gostamos um do outro, e opõe-se. Não o disse ainda francamente, mas sinto que, em caso nenhum, consentirá no nosso casamento. Esse Vitorino é um candidato inventado para separá-la de mim; e assim outros em que sei que já pensou. **Estou que** Lalau resistirá, mas temo que não seja por muito tempo... Não se lembra que mamãe já lhe pediu uma vez para levar-me à Europa? Era com o mesmo **fim** de afastar-me, distrair-me, e casá-la.

— Acha isso?

— Com certeza.

— Como explica então que ela continue a ter tanto amor à pequena?

— O senhor não conhece mamãe. É um coração de pomba, e gosta dela como se fosse sua filha. Mas coração é uma cousa, e cabeça é outra. Mamãe é muito orgulhosa em cousas de família. Seria capaz de **velar** uma semana ou duas, à cabeceira de Lalau, se a visse doente; mas não consentiria em casá-la comigo. São cousas diferentes.

---

"Estou que" quer dizer "acredito que".

Fim: objetivo, intento.

Velar aqui é no sentido de vigiar para cuidar.

— Devia ser isso mesmo, repliquei alguns instantes depois. E murmurei baixinho as palavras que ela ouvira ao avô, no tempo do rei e repetira mais tarde no paço: "Uma Quintanilha não treme nunca!".

— Nem treme, nem **desce**, concluiu o rapaz sorrindo. É o sentimento de mamãe.

— Seja como for, nada está perdido; cuido que arranjaremos tudo. Deixe o negócio por minha conta.

Tinha o plano feito. Se houvesse reconhecido que as intenções dele eram impuras, ajudaria a mãe e trataria de casar a menina com outro. Sabendo que não, ia ter com a mãe para arrancar-lhe o consentimento em favor do filho. Três dias depois, voltando à Casa Velha, achei nos olhos de Lalau alguma cousa mais particular que a alegria da amiga, achei a **comoção** da namorada. Era natural que ele lhe tivesse contado a minha promessa. Não lho perguntei; mas disse-lhe rindo que parecia ter **visto passarinho verde**. Toda a alma subiu-lhe ao rosto, e a moça respondeu com ingenuidade, apertando-me a mão:

— Vi.

Não explico a sensação que tive; lembra-me que foi de incômodo. Essa palavra súbita, cordial e franca, encerrando todas as energias do amor, **lacerou**-me as orelhas como uma sílaba **aguda** que era. Que outra esperava, e que outra

Descer, neste caso, é se rebaixar na sociedade, perder prestígio.

Comoção: agitação, tumulto.

"Ver passarinho verde" é estar alegre sem ter nenhum motivo especial para se sentir assim.

Lacerar: rasgar, machucar.

Agudo: afiado, penetrante.

**Interceder:** advogar, intervir.

**Espúrio:** vicioso, degenerado.

**Surdir:** brotar, emergir.

"Com a sintaxe da reflexão remota e fria", em outras palavras é "com tudo organizadinho e claro".

**Liame:** ligação, vínculo.

queria, senão essa? Não a pedira, não vinha **interceder** por um e por outro? Criatura espiritual e neutra, cabia-me tão somente alegrar-me com a declaração da moça, aprová-la, e santificá-la ante Deus e os homens. Que incômodo era então esse? que sentimento **espúrio** vinha mesclar-se à minha caridade? Que contradição? que mistério? Todas essas interrogações **surdiram** do fundo de minha consciência, não assim formuladas, **com a sintaxe da reflexão remota e fria**, mas sem **liame** algum, vagas, tortas e obscuras.

Já se terá entendido a realidade. Também eu amava a menina. Como era padre, e nada me fazia pensar em semelhante cousa, o amor insinuou-se-me no coração à maneira das cobras, e só lhe senti a presença pela dentada do ciúme. A confissão dele não me fez mal; a dela é que me doeu e me descobriu a mim mesmo. Deste modo, a causa íntima da proteção que eu dava à pobre moça era, sem o saber, um sentimento especial. Onde eles viam um simples protetor gratuito existia um homem que, impedido de a amar na terra, procurava ao menos fazê-la feliz com outro. A consciência vaga de um tal estado deu-me ainda mais força para tentar tudo.

# V

**Falei a d. Antônia no dia seguinte. Estava disposto a** pedir-lhe uma conversação particular; mas foi ela mesma que veio ter comigo, dizendo que durante a minha moléstia tinha acabado umas **alfaias**, e queria ouvir a minha opinião; estavam na sacristia. Enquanto atravessávamos a sala e um dos corredores que ficavam ao lado do pátio central, ia-lhe eu falando, sem que ela me prestasse grande atenção. Subimos os três degraus que davam para uma vasta sala calçada de pedra, e **abobadada**. Ao fundo havia uma grande porta, que levava ao terreiro e à **chácara**; à direita ficava a da sacristia, à esquerda outra, destinada a um ou mais aposentos, não sei bem.

    Naquela sala achamos Lalau e o **sineiro**, este sentado, ela de pé.

    O sineiro era um preto velho e doudo. Não fazia mais que tocar o sino da capela, para a missa, aos domingos. O resto do tempo vivia calado ou resmungando. Ninguém lhe falava, embora fosse manso. Lalau era a única, entre todos,

> Alfaia é qualquer um dos objetos ou paramentos usados na celebração da missa católica.

> Abobadado é ter a estrutura de uma abóbada, um teto em forma de arco.

> Chácara é uma parte da casa dedicada a plantas (horta, pomar, plantação) e à criação de animais.

> Sineiro era o encarregado de tocar o sino das igrejas, que comunicava um monte de coisa. Havia toque para avisar que a missa ia começar, informar nascimento e até morte.

*Gira: louco, maluco.*

🅣 Ou seja, com a sua (aqui, no caso, falta de) capacidade de racionalizar (razão), deixara de interagir (perdera a convivência) com as outras pessoas (dos mais).

🅣 Emersão é o ato de emergir, vir à tona.

🅣 Gesto era antigamente sinônimo de expressão do rosto.

> O quimbundo é uma língua falada em Angola, na África, e que era também o idioma de muitas pessoas escravizadas e trazidas de lá para cá na época da escravidão aqui no Brasil. Traduzindo para o português fica "a morte encontra o bebê".

*Toada: cantiga, modinha.*

*Deliberar: decidir, definir.*

parentes, agregados ou fâmulos, que ia conversar com ele, interrogá-lo, escutá-lo, pedir-lhe histórias. E ele contava-lhe histórias – muito compridas, sem sentido algumas, outras quase sem nexo, reminiscências vagas e embrulhadas, ou sugestões do delírio.

Era curioso vê-los. Lalau perdia a inquietação; ficava séria e tranquila, durante dez, quinze, vinte minutos, a escutá-lo. O **Gira** (nunca lhe conheci outro nome) alegrava-se ao vê-la. **Com a razão, perdera a convivência dos mais**. Vivia entregue aos pensamentos solitários, mergulhado na inconsciência e na solidão. A moça representava aos olhos dele alguma cousa mais do que uma simples criatura, era a sociedade humana, e uma sombra de sombra da consciência antiga. Ela, que o sentia, dava-lhe essa curta **emersão** do abismo, e uma ou duas vezes por semana ia conversar com ele.

D. Antônia parou. Não contava com a moça ali, ao pé da porta da sacristia, e queria falar-me em particular, como se vai ver. Compreendi-o logo pelo desagrado do **gesto**, como já suspeitara alguma cousa ao vê-la preocupada. No momento em que chegávamos, Lalau perguntou ao Gira:

– E depois, e depois?

– Depois, o rei pegou gavião, e gavião cantou.

– Gavião canta?

– Gavião? Ué, gente! Gavião cantou: **Calunga, mussanga, monandenguê**... *Calunga, mussanga, monandenguê... Calunga...*

E o preto dava ao corpo umas sacudidelas para acompanhar a **toada** africana. Olhei para Lalau. Ela, que ria de tudo, não se ria daquilo, parecia ter no rosto uma expressão de grande piedade. Voltei-me para d. Antônia; esta, depois de hesitar um pouco, **deliberou** entrar na sacristia, cuja porta estava aberta. Lalau tinha-nos visto, sorriu para nós e continuou a falar com o Gira. D. Antônia e eu entramos.

Sobre a cômoda da sacristia estavam as tais alfaias. D. Antônia disse ao preto sacristão, que fosse ajudar a descarregar o carro que chegara da roça, e lá a esperasse. Ficamos sós; mostrou-me duas **alvas** e duas **sobrepelizes**; depois, sem transição, disse-me que precisava de mim para um grande obséquio. Soube na véspera que o filho andava com ideias de ser deputado; pedia-me duas cousas, a primeira é que o dissuadisse.

— Mas por quê? disse-lhe eu. A política foi a carreira do pai, é a carreira principal no Brasil...

— Vá que seja; mas, Reverendíssimo, ele não tem jeito para política.

— Quem lhe disse que não? Pode ser que tenha. No trabalho é que se conhece o trabalhador; em todo caso, – deixe-me falar com franqueza – acho bom da sua parte que procure empregar a atividade em alguma cousa exterior.

D. Antônia sentou-se, e apontou-me para outra cadeira. Ficamos ambos ao pé de uma larga janela, que dava para o terreiro. Sentada, declarou que concordava comigo na necessidade que apontara, mas ia então ao segundo obséquio, que não era novo; é que o levasse para a Europa. Depois da Europa, com mais alguns anos e experiência das cousas, pode ser que viesse a ser útil ao seu país...

Interrompi-a nesse ponto. Ela esperou; eu, depois de fitá-la por alguns instantes, disse-lhe que a viagem, com efeito, podia ser útil, mas que os costumes do moço eram tão caseiros que dificilmente se ajustariam às peregrinações; salvo se adotássemos um meio-termo: enviá-lo casado.

— Não se arranja uma noiva como um simples baú de viagem, disse ela.

— Está arranjada.

D. Antônia estremeceu.

— Está aqui perto; é a sua boa amiga e **pupila**.

— Quem? Lalau? Está caçoando. Lalau e meu filho? Vossa Reverendíssima está brincando comigo. Não vê que não é possível? Casá-los assim como um remédio? Falemos de outra cousa.

— Não, minha senhora, falemos disso mesmo.

---

Os padres e seus ajudantes – como os coroinhas – seguem um complicado ritual de uso de diferentes roupas e adornos, dependendo da situação e até da época do ano. A alva, por exemplo, é uma espécie de túnica branca que cobre até o calcanhar e é usada em certas ocasiões sobre a batina. Já em outras é vestida a sobrepeliz, também branca, mas mais larga e mais curta.

Pupilo é uma criança, geralmente órfã, sob cuidados de um adulto, o tutor.

**Proferir:** dizer, falar.

**Traduzindo:** isolado (insulado), sem oposição (contraste) nem crítica (advertência).

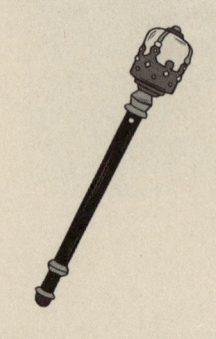

**Cetro** é um bastão curto com um enfeite na ponta, carregado por monarcas como símbolo de poder absoluto.

**Alçar:** erguer, levantar.

D. Antônia, que dirigira os olhos para outro lado, quando **proferiu** as últimas palavras, levantou a cabeça de súbito, ao ouvir o que lhe disse. Creio que, depois da morte do marido, era a primeira pessoa que lhe fazia frente. Olhou-me espantada. Estava tão acostumada a governar ali, naquele mundo **insulado, sem contraste nem advertência**, que não podia crer em seus ouvidos. O padre Mascarenhas dissera-lhe uma vez, ao almoço, que ela era a imperatriz da Casa Velha, e d. Antônia sorriu lisonjeada, com a ideia de ser imperatriz em algum ponto da terra. Não batia com o **cetro** em ninguém, mas estimava saber que lho reconheciam.

Pela minha parte, curvei-me respeitoso, mas insisti que falássemos daquele mesmo assunto, para resolvê-lo de uma vez.

— Resolver o quê? perguntou ela **alçando** desdenhosamente o lábio superior.

— Não percamos tempo em dizer cousas sabidas de nós ambos, continuei. Eles gostam um do outro. Esta é a verdade pura. Resta saber se poderão casar, e é aqui que não acho nem presumo nenhuma razão que se oponha. Não falo de seu filho, que é um moço digno a todos os respeitos. Falemos dela. Diga-me o que é que lhe acha?

Não quis responder; eu continuei o que dizia, lembrei a educação que ela lhe dera, o amor que lhe tinha, e principalmente falei das virtudes da moça, da delicadeza dos seus sentimentos, e da distinção natural, que supria o nascimento. Perguntei-lhe se, em verdade, acreditava que o Vitorino, filho do segeiro... D. Antônia estremeceu.

— Vejo que está informado de tudo, disse ela depois de um breve instante de silêncio. Conspiram contra mim. Bem; que quer de mim vossa reverendíssima? Que meu filho case com Lalau? Não pode ser.

— E por que não pode ser?

— Realmente, não sei que ideias entraram por aqui depois de 31. São ainda lembranças do **padre Feijó**. Parece mesmo **achaque** de padres. Quer ouvir por que razão não podem casar? porque não podem. Não lhe nego nada a respeito dela; é muito boa menina, dei-lhe a educação que pude, não sei se mais do que convinha, mas, enfim, está criada e pronta para fazer a felicidade de algum homem. Que mais há de ser? Nós não vivemos no mundo da lua, reverendíssimo. Meu filho é meu filho, e, além desta razão, que é forte, precisa de alguma aliança de família. Isto não é novela de príncipes que acabam casando com roceiras, ou de princesas encantadas. Faça-me o favor de dizer com que cara daria eu semelhante notícia aos nossos parentes de Minas e de S. Paulo?

— Pode ser que a senhora tenha razão; é achaque de padre, é achaque até de Nosso Senhor Jesus Cristo, que nasceu nas palhas...

— Sim, senhor; mas nesse caso que mal há em casar com o Vitorino? Filho de segeiro não é gente? Diga-me! Para que ela case com meu filho, Nosso Senhor nasceu nas palhas; mas para que case com o Vitorino, já não é a mesma cousa... Diga-me!

— Mas, senhora d. Antônia...

O ano de 1831 foi quando d. Pedro I abdicou do trono brasileiro e se mandou para Portugal.

Um dos regentes que governaram o Brasil enquanto o filho do Pedro I ainda não tinha idade para virar imperador foi o padre paulista Diogo Antônio Feijó (1784-1843), que assumiu o posto sozinho em 1835. Seu governo enfrentou oposição de todos os lados, em especial dos grandes fazendeiros — até porque o Feijó disse que queria acabar com a escravidão. Além disso, revoltas e ideias separatistas pipocavam pelo país. Feijó foi ficando isolado, até renunciar ao cargo em 1837, dois anos antes do mandato dele acabar.

Achaque: defeito, vício.

> "Qual!" é uma interjeição que indica espanto.

> Deidade: divindade.

> Plácido: calmo, sossegado.

> Ríspido: rude, grosseiro.

> Costume: etiqueta, boa educação.

— **Qual!** disse ela levantando-se, e indo até à porta que dava para a capela, e depois à outra de entrada da sacristia; espiou se nos ouviam, e voltou.

Voltando, deu alguns passos sem dizer nada, indo e vindo, desde a porta até à parede do fundo, onde pendia uma imagem de Nossa Senhora, com uma coroa de ouro na cabeça, e estrelas de ouro no manto. D. Antônia fitou durante alguns momentos a imagem como para defender-se a si mesma. A Virgem coroada, rainha e triunfante, era para ela a legítima **deidade** católica, não a Virgem foragida e caída nas palhas de um estábulo. Estava como até então não a tinha visto. Geralmente, era **plácida**, e alguma vez impassível; agora, porém, mostrava-se **ríspida** e inquieta, como se a natureza rompesse as malhas do **costume**. A pupila abrasava-se de uma flama nova; os movimentos eram súbitos e não sei se desconcertados entre si. Eu, da minha cadeira, ia-a acompanhando com os olhos, a princípio arrependido de ter falado, mas vencendo logo depois esse sentimento de desânimo, e disposto a ir ao fim. Ao cabo de poucos minutos, d. Antônia parou diante de mim. Quis levantar-me; ela pôs-me a mão no ombro, para que ficasse, e abanou a cabeça com um ar de censura amiga.

— Para que me falou nisso? pergunta logo depois com doçura. Conheço que fala por ser amigo de um e de outro, e da nossa casa...

— Pode crer, pode crer.

— Creio, sim. Então eu não vejo as cousas? Tenho notado que é amigo nosso. Ela principalmente, parece tê-lo enfeitiçado... Não precisa ficar vermelho; as moças também enfeitiçam os padres, quando querem que eles as casem com os escolhidos do coração delas. Que ela merece, é verdade; mas daí a casar é muito. Venha cá, prosseguiu ela sentando-se, vamos fazer um acordo. Eu cedo alguma cousa, o senhor cede também, e acharemos um modo de combinar tudo. Confesso-lhe um pecado. A escolha do Vitorino era filha de um mau sentimento; era um modo, não só de os separar, mas até de a castigar um pouco. Perdoe-me, reverendíssimo; cedi ao meu orgulho ofendido. Mas deixemos o Vitorino; convenho que não é digno dela. É bom rapaz, mas não está no mesmo grau de educação que dei a Lalau. Vamos a outro; podemos arranjar-lhe **empregado do foro**, ou mesmo pessoa de negócio... Em todo caso, não seja contra mim; ajude-me antes a arranjar esta dificuldade que surgiu aqui em casa...

– Desde quando?

– Sei lá! desde meses. Desconfiei que se namoravam, e tenho feito o que posso, mas vejo que não posso muito.

– Entretanto, continua a recebê-la?

– Sim, para vigiá-la. Antes a quero aqui que fora daqui.

– Não é então por que a estima?

– É também porque a estimo. Infelizmente, porque a estimo. Quem lhe disse que não gosto dela, e muito? Mas meu filho é outra cousa, entrar na família é que não.

D. Antônia tirou o lenço do bolso, para esfregar as mãos, tornou a guardá-lo, e reclinou-se na cadeira, enquanto eu lhe fui respondendo. **Conquanto** fosse muito mais baixa que eu, dera um jeito tão superior na cabeça que parecia olhar de cima.

Fui respondendo o que podia e cabia, com boas palavras, mostrando em primeiro lugar a inconveniência de os deixar namorados e separados: era fazê-los pecar ou padecer. Disse-lhe que o filho era **tenaz**, que a moça provavelmente não teimaria em desposá-lo, sabendo que era desagradável à sua benfeitora, mas também podia dar-se que o desdém a irritasse, e que a certeza de dominar o coração de Félix lhe sugerisse a ideia de o roubar à mãe. Acrescia a educação, ponto em que insisti, a educação e a vida que levava, e que lhe tornariam doloroso passar às mãos de criatura inferior. Finalmente, – e aqui sorri para lhe pedir perdão, – finalmente, era mulher, e a vaidade, insuportável nos homens, era na mulher um pecado tanto pior quanto lhe ficava bem; Lalau não seria uma exceção do sexo. Herdar com o marido o prestígio de que gozava a Casa Velha acabaria por lhe dar força e fazê-la lutar. Aqui parei; d. Antônia não me respondeu nada, olhava para o chão.

Como estávamos de costas para a janela, e ficássemos calados algum tempo, fomos acordados do silêncio pela voz de Lalau, que vinha do lado do terreiro. Voltamos a cabeça;

"Empregado do foro" é o funcionário do judiciário.

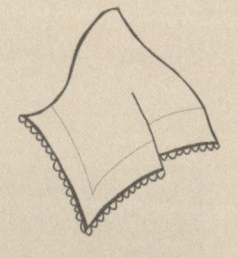

Conquanto: embora, apesar de.

Tenaz: resistente, persistente.

▶ "Cria da casa" era o filho de escravizado que permanecia sendo patrimônio do mesmo proprietário dos pais.

▶ "Pobre-diabo" é alguém desimportante, um "zé-ninguém".

▶ Empalidecer é perder a cor, ficar pálido.

Compassivo: piedoso.

Há uma parte da missa católica em que se cita um texto da Bíblia (que é um salmo) e aí o povo responde: alelulia, alelulia, aleluia. Em outros momentos, o recurso usado são as antífonas, respostas cantadas que formam quase que um refrão. Por fim, toda cantoria na missa pode ser chamada de cântico. Mas a sacada do autor aqui é usar o vocabulário de missa na metáfora usada pelo padre.

Violentar: obrigar, forçar.

▶ "Má sugestão da carne" é uma tentação carnal, sexual.

▶ "Carapinha" é a forma antiga (hoje bem deselegante) de chamar o cabelo crespo.

vimos a moça repreendendo a dous moleques, **crias da casa**, que puxavam pela casaca ao sineiro, uma velha casaca que o Félix lhe dera alguns dias antes. O sineiro, resmungando sempre, atravessou o terreiro, tomou à direita para o lado da frente da capela, e desapareceu; Lalau pegou na gola da camisa de uma das crias e na orelha da outra, e impediu que elas fossem atrás do **pobre-diabo**.

Olhei para d. Antônia, a fim de ver que impressão lhe dera o ato da moça. Mal começava a fitá-la, reparei que franzia a testa, não sei até se **empalidecia**; tornando a olhar para fora, tive explicação do abalo. Vi o filho de d. Antônia ao pé da moça: acabava de chegar ao grupo. Lalau explicava-lhe naturalmente a ocorrência; Félix escutava calado, sorrindo, gostando de vê-la assim **compassiva**, e afinal, quando ela acabou, inclinou-se para dizer alguma cousa aos moleques. Vimo-lo depois pegar em um destes, e aproximá-lo de si, enquanto a moça ficou com o segundo; e, posto esse pretexto entre eles, começaram a falar baixinho.

D. Antônia recuou depressa, para que não a vissem. Creio que era a primeira vez que eles lhe apresentavam semelhante quadro. Recuou levantando-se, e foi para o lado da cômoda; eu continuei a observá-los. Não se podia ouvir-lhes nada, mas era claro que falavam de si mesmos. Às vezes a boca interrompia os **salmos**, que ia dizendo, para deixar a **antífona** aos olhos; logo depois recitava o **cântico**. Era a eterna **aleluia** dos namorados.

**Violentei**-me, não tirei a vista do grupo; precisava matar em mim mesmo, pela contemplação objetiva da desesperança, qualquer **má sugestão da carne**. Olhei para os dous, adivinhei o que estariam dizendo, e, pior ainda, o que estariam calando, e que se lhes podia ler no rosto e nas maneiras. Lalau era agora mulher apenas, sem nenhuma das cousas de criança que a caracterizavam na vida de todas as horas. Com as mãos no ombro do moleque, ora fitava os olhos na **carapinha** deste, ouvindo somente as palavras de Félix; ora erguia-os para o moço, a

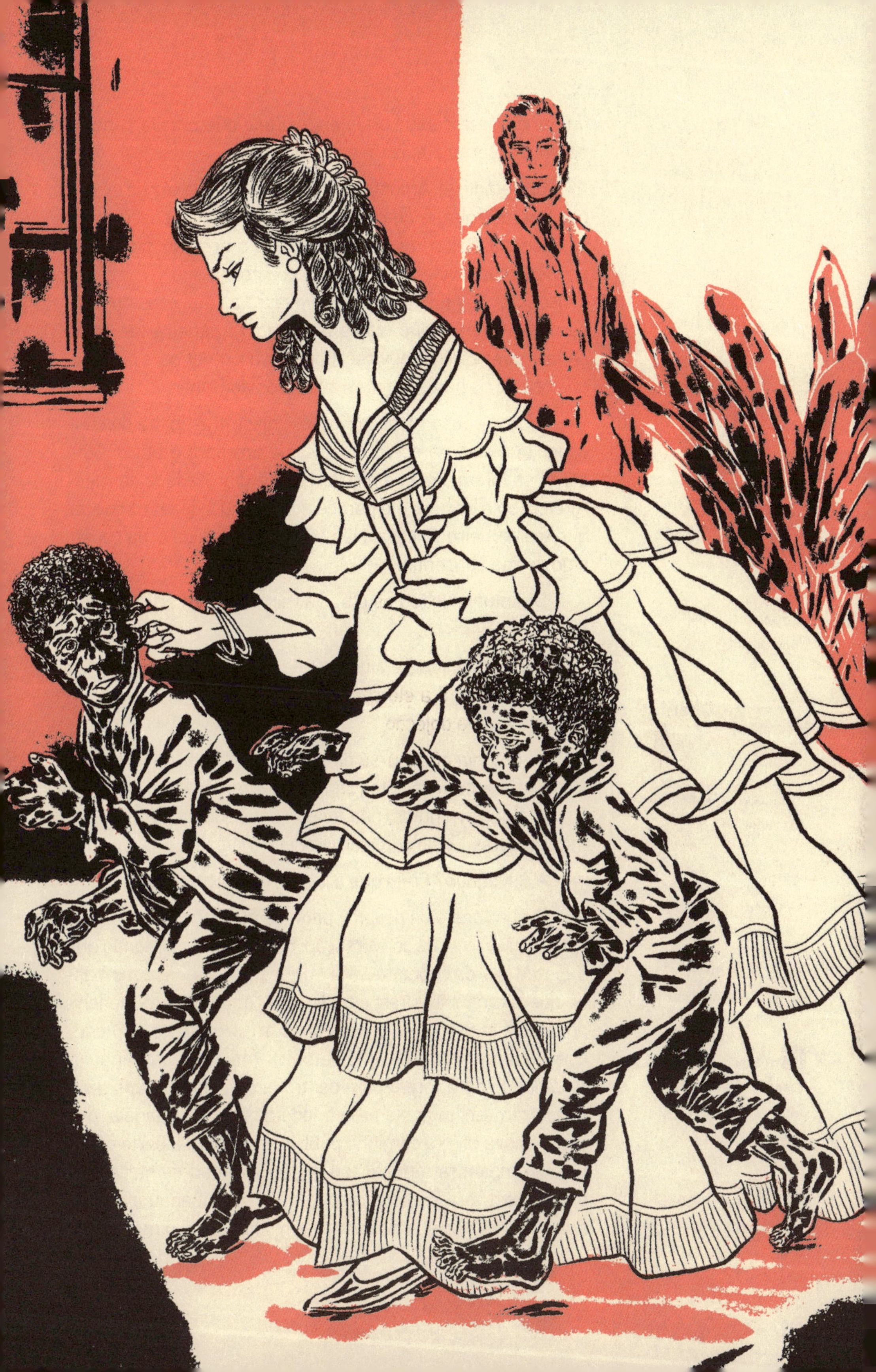

fim de o mirar, calada ou falando. Ele é que olhava sempre para ela, atento e fixo.

Entretanto, d. Antônia aproximara-se outra vez da janela, por trás de mim, e de mais longe, confiada na obscuridade da sacristia. Voltei-me e disse-lhe que a nossa espionagem era de direito divino, que o próprio céu nos **aparelhara** aquela indiscrição. D. Antônia, em geral avessa às sutilezas do pensamento, menos que nunca podia agora penetrá-las; pode ser até que nem me ouvisse. Continuou a olhar para os dous, ansiosa de os perceber, **aterrada** de os adivinhar.

— Uma cousa há de **conceder**, disse-lhe eu, há de conceder que eles parecem ter nascido um para o outro. Olhe como se falam. Veja os modos dela, a dignidade, e ao mesmo tempo a doçura; ele parece até que quer fazer esquecer que é o herdeiro da casa. Não sei até se lhe diga uma cousa; digo se me consentir...

D. Antônia voltou os olhos a mim com um ar interrogativo e **complacente**.

— Digo-lhe que, se alguém trocasse os papéis, e a desse como sua filha, e a ele como o advogado da casa, ninguém poria nenhuma objeção.

D. Antônia afastou-se da janela, sem dizer nada; depois tornou a ela, curiosa, interrogando a fisionomia dos dous. No fim de alguns minutos, não tendo esquecido as minhas últimas palavras, **redarguiu** com ironia e tristeza:

— Advogado? Creio que é muito; diga logo cocheiro.

Fiz um gesto de pesar. E pedi-lhe que me desculpasse o estilo **pinturesco** da conversação; não queria dizer senão que a **dignidade** da moça fá-la-ia **supor dona da casa**, ao passo que as maneiras respeitosas dele, que tão bem lhe iam, poderiam fazê-lo crer outra cousa; mas outra cousa, educada, notasse bem. D. Antônia ouviu-me distraída e inquieta, olhando para fora e para dentro; e quando afinal os dous separaram-se, indo ele para o lado da frente da capela, que comunicava com o caminho público, e ela para a parte oposta, a fim de entrar em casa, d. Antônia sentou-se na cadeira em que estivera antes, e respirou **à larga**. Abanou a cabeça duas ou três vezes, e disse-me sem olhar para mim:

---

**Aparelhar:** fornecer, provisionar.

**Aterrado:** alarmado, aterrorizado.

**Conceder:** admitir, concordar.

**Complacente:** tolerante, compreensivo.

**Redarguir:** responder, retrucar.

**Pinturesco:** inusitado, pitoresco.

**Dignidade:** decência, respeitabilidade.

🅣 "Supor dona da casa", ou seja, considerar que poderia se tornar sua nora.

**À larga:** à vontade, sem restrições.

– Não tenho de que me queixar; a culpa é toda minha.

De repente, voltou a cabeça para o meu lado e fitou-me. Tinha as feições um tanto alteradas, como que iluminadas, e esperei que me dissesse alguma cousa, mas não disse. Olhou, olhou, recompôs a fisionomia e levantou-se.

– Vamos.

Não obedeci logo; imaginei que ela acabava de achar algum **estratagema** para cumprir a sua vontade, e confessei-lho sem **rebuço**, porque a situação não comportava já dissimular. D. Antônia respondeu que não, não achara nem buscara nada, e convidou-me a sair. Insisti no receio, acrescentando que, se cogitava dar um golpe, melhor seria avisar-me, para que os dissuadisse, e não fossem eles apanhados de supetão. D. Antônia ouviu sem interromper, e não replicou logo, mas daí a alguns segundos, com palavras não claras e **seguidas**, senão **ínvias** e dúbias. Contava comigo ao lado dela, desde que soubesse a verdade... mas que a apoiasse já... depois... então...

– A verdade? repeti eu. Que verdade?

– Vamos embora.

– Diga-me tudo, a ocasião é única, estamos perto de Deus...

D. Antônia estremeceu ouvindo esta palavra, e deu-se pressa em sair da sacristia; levantei-me e saí também. Achei-a a dous passos da porta, disse-me que ia ver os **aposentos fronteiros**, porque contava com hóspedes da roça, e foi andando; eu desci os degraus de pedra, atravessei o pátio da cisterna, e recolhi-me à biblioteca. Recolhi-me **alvoroçado**. Que verdade seria aquela, **anunciada a fugir**, tal verdade que faria **trocar de papel**, desde que eu a conhecesse? Cumpria arrancar-lha, e a melhor ocasião ia perdida.

---

Estratagema: ardil, artimanha.

Rebuço: disfarce, dissimulação.

"Seguido", aqui, é no sentido de "sem parar" e "em sequência".

Ínvio: inviável, impraticável.

Traduzindo: quartos (aposentos) da frente (fronteiros) da casa.

Alvoroçado: agitado, ansioso.

Ou seja, que ela falou (anunciada) que ia contar ao ir embora às pressas (a fugir).

"Trocar de papel" quer dizer "mudar de ideia".

# VI

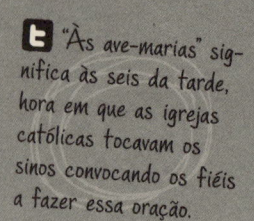

🅃 "Às ave-marias" significa às seis da tarde, hora em que as igrejas católicas tocavam os sinos convocando os fiéis a fazer essa oração.

🅃 "Conhecer", no caso, quer dizer "reconhecer".

Após a Independência, d. Pedro I convocou em 3 de maio de 1823 a Assembleia Constituinte para preparar a primeira Constituição do Brasil. Muito confrontado, d. Pedro I achou que tentavam limitar seu poder. Então, resolveu acabar (dissolver) com a assembleia, enviando tropas do Exército para a reunião dos deputados em 12 de novembro, que resistiram por horas, mas se renderam no dia seguinte. O episódio, conhecido como a Noite da Agonia, culminou em seis presos, dentre eles os três irmãos Andrada e o Montezuma. O baiano Francisco Gomes Brandão (1794-1870), o Visconde de Jequitinhonha, mudou o nome para Francisco Gê Acaiaba de Montezuma após a Independência. Dizem que o "Gê" (ou "Jê") homenageava o povo africano; "Acaiaba", o indígena; e "Montezuma", o asteca. Excelente nos discursos, ele empolgou quem estava na plateia (galerias) no dia da confusão.

🙎 A rua da Cadeia, no Rio de Janeiro, tinha esse nome por nela ter havido uma antiga prisão. Ter deputados era novidade no Brasil e seu prédio foi o lugar que acharam para se reunirem.

No dia seguinte fui mais cedo para a Casa Velha, a fim de chegar antes dos hóspedes que d. Antônia esperava da roça, mas já os achei lá; tinham chegado na véspera, **às ave-marias**. Um deles, o coronel Raimundo, estava na varanda da frente, **conheceu-me** logo, e veio a mim para saber como ia a história de Pedro I. Sem esperar pela resposta, disse que podia dar-me boas informações. Conhecera muito o imperador. Assistira à **dissolução da Constituinte**, por sinal que estava nas galerias, durante a sessão permanente, e ouvira os discursos do Montezuma e dos outros, comendo pão e queijo, à noite, comprados na **rua da Cadeia**; uma noite dos diabos.

— Vossa reverendíssima vai escrever tudo?

— Tudo o que souber.

— Pois eu lhe direi alguma cousa.

Começamos a passear ao longo da varanda grande. Egoísmo de letrado! A esperança de alguns documentos e anedotas para o meu livro pôs de lado a principal questão daqueles dias; entreguei-me à conversação do coronel. Já sabemos que era parente da casa; era irmão de um cunhado do marido de d. Antônia, e fora muito amigo e familiar dele. Falamos cerca de meia hora; contou-me muita cousa do tempo, algumas delas arrancadas por mim, porque ele nem sempre via a utilidade de um episódio.

— Oh! isso não tem interesse!

— Mas diga, diga, pode ser, insistia eu.

Então ele contava o que era, uma visita, uma conversa, um dito, que eu recolhia de cabeça, para transpô-lo ao papel, como fiz algumas horas depois. Raimundo foi-se sentindo lisonjeado com a ideia de que eu ia imprimir o que me estava contando, e desceu a minúcias insignificantes, casos velhos, e finalmente às anedotas dele mesmo, e às partes da sua vida militar.

— Nhãtônia, disse ele vendo entrar a parenta na varanda, este seu padre sabe onde tem a cabeça.

D. Antônia fez um gesto afirmativo e seco, mas logo depois, para me não molestar, redarguiu sorrindo que sim, que tanto sabia onde tinha a cabeça como o coração. Lalau e as duas filhas do coronel vieram de fora, veio de dentro uma senhora idosa, arrastando um pouco os pés, e dando o braço a uma moça alta e fina.

— Ande para aqui, baronesa, disse-lhe d. Antônia.

Apresentaram-me às duas damas. Soube que a baronesa era avó da moça que a acompanhava. Eram esperadas do **Pati do Alferes** dez ou doze dias depois; mas vieram antes para assistir à **festa da Glória**. Foi o que me constou ali mesmo pela conversação dos primeiros minutos. A baronesa sentara-se de costas para uma das colunas, na cadeira rasa que lhe deram, ajudada pela neta, que a acomodou minuciosamente. Observei-a por alguns instantes. Os dous cachos brancos e grossos, pelas faces abaixo, eram da mesma cor da touca de **cambraia** e rendas; os olhos eram castanhos e não inteiramente apagados; lá tinham seus momentos de **fulgor**, principalmente se ela falava em política.

**8** Paty (hoje com Y) do Alferes é um município fluminense que surgiu quando foi traçada nova rota que levava o ouro de Minas Gerais para ser embarcado no Rio para Portugal.

A festa da Glória, comemorada até hoje em 15 de agosto, é uma festa católica realizada no largo da Igreja de Nossa Senhora da Glória do Outeiro, no Rio de Janeiro, que na época era superfrequentada pela elite do país.

Cambraia é um tipo de tecido leve feito de algodão ou linho.

Fulgor: brilho, cintilação.

> Saint Clair das ilhas ou os desterrados na ilha da Barra é um romance de 1803 escrito por Elizabeth Helme (1743--1816), de quem não se sabe muito. Na trama, uma nobre tem um filho antes de se casar e o entrega para a criada assumi-lo como sendo dela. Muitos anos depois, o irmão da nobre conhece o menino batizado como Saint Clair e, sem saber que é o sobrinho, o leva como uma espécie de aprendiz para casa. Ao encontrar a família do tio, Saint Clair acaba conhecendo a verdadeira mãe e o meio-irmão, e aí (como dá pra imaginar) a confusão rola livre, leve e solta.

Regaço: colo.

> Solo é um jogo de cartas que usa o baralho espanhol (sem o oito, o nove e o dois).

> Quando Feijó renunciou, em 1837, calhou do Pedro de Araújo Lima virar regente. Seu governo foi marcado por uma centralização administrativa e um esforço — com pouco sucesso — de dar fim geral às rebeliões. Tinha como oposição o Clube da Maioridade, que pedia a antecipação da coroação do Pedro filho. A tática deu certo, e sua regência termina em 1840, com d. Pedro II virando imperador aos catorze anos.

Ou seja, a altura (elevação) do porte (talhe) magro (delgado).

— Sinhazinha, o livro? perguntou ela à neta.

— Está aqui, vovó.

— É o mesmo da outra vez, Nhãtônia?

Era a mesma **novela** que lera quando ali esteve um ano antes, e queria reler agora: era o *Saint Clair das ilhas ou os desterrados na ilha da Barra*. Meteu a mão no bolso e tirou os óculos, depois a caixa de rapé, e pôs tudo no **regaço**. Raimundo, passando a mão pela barba, disse rindo:

— Bem, as senhoras vão conversar e nós vamos a um **solo**. Valeu, reverendíssimo?

Fiz um gesto de complacência.

— Félix é um parceirão, e Nhãtônia também; mas vamos só os três. Nunca jogou com o Félix? Vai ver o que ele é, fino como trinta diabos; lá na roça dá pancada em todo mundo. Aquilo sai ao pai. Se algum dia entrar na câmara, creia que há de fazer um figurão, como o pai, e talvez mais. E olhe que acho tudo pouco para dar em terra com a tal Regência do sr. **Pedro de Araújo Lima**...

— Lá vem o coronel com as suas ideias extravagantes, acudiu a velha baronesa abrindo a caixa de rapé, e oferecendo-me uma pitada, que recusei. Acha que o Araújo Lima vai mal? Preferia o seu amigo Feijó?

Raimundo replicou, ela treplicou, enquanto eu voltava a atenção para Sinhazinha, que, depois de ter acomodado a avó, fora sentar-se com as outras moças.

Sinhazinha era o oposto de Lalau. Maneiras pausadas, atitudes longamente quietas; não tinha nos olhos a mesma vida derramada que abrangia todas as cousas e recantos, como os olhos da outra. Bonita era, e a **elevação do talhe delgado** dava-lhe um ar superior a todas as demais senhoras ali presentes, que eram medianas ou baixinhas, com exceção de Lalau, que ainda assim era menos alta que ela. Mas essa mesma superioridade era diminuída pela **modéstia** da pessoa, cujo acanhamento, se era natural, aperfeiçoara-se na roça. Não olhou para mim quando chegou, nem ainda depois de sentar-se. Usava as pálpebras caídas, ou, quando muito, levantava-as para fitar só a pessoa com quem ia falando. Como o pescoço era um tantinho alto demais, e a cabeça vivia ereta, aquele gesto podia parecer **afetação**. Os cabelos eram o encanto da avó, que dizia que a neta era a sua alemã, porque eles tendiam a ruivo; mas, além de ruivos, eram crespos, e, penteados e **atados ao desdém**, davam-lhe muita graça.

Gastei nesse exame não mais de dous a três minutos. Depois, indo a compará-la melhor com Lalau, vi que esta fazia igual exame sorrateiramente. Não era a primeira vez que a via, era a segunda ou terceira, desde que Sinhazinha perdera o pai e a mãe e viera do Rio Grande do Sul para a fazenda da avó; não a viu no ano anterior, quando ela ali esteve, e cuido que lhe achava alguma diferença para melhor.

— Reverendíssimo, vamos? disse-me o coronel, acabando de replicar à baronesa.

— Já, já. Onde está o parceiro?

— Havemos de achá-lo. Nhãtônia, ele terá saído?

D. Antônia respondeu negativamente. Estaria vendo as bestas, que vieram da roça, ou o cavalo que comprara na véspera. E descreveu o cavalo, a pedido do coronel, chegando-se ao mesmo tempo para o lado da Sinhazinha. Chegando a esta parou, pôs-lhe uma das mãos na cabeça, e com a outra levantou-lhe o queixo, para mirá-la de cima.

— Ai, Nhãtônia! disse a moça. Está me **afogando**.

D. Antônia fez-lhe uma careta de **escárnio**, inclinou-se e beijou-lhe a testa com tanta ternura, que me deu ciúmes pela outra. E sentou-se entre elas todas, e todas lhe fizeram grande festa. Raimundo calara-se para mirar a cena, porque ele queria muito às filhas, e gostava de vê-las acariciadas também. Nisto ouvimos passos na sala contígua, e daí a nada entrava na varanda o filho de d. Antônia.

— Ora, viva! bradou o coronel. Estávamos à espera de você para um solo.

---

*Modéstia: recato, discrição.*

*Afetação: falsidade, dissimulação.*

*Ou seja, presos (atados) de qualquer jeito (ao desdém).*

*Afogar: sufocar, oprimir.*

*Escárnio: troça, zombaria.*

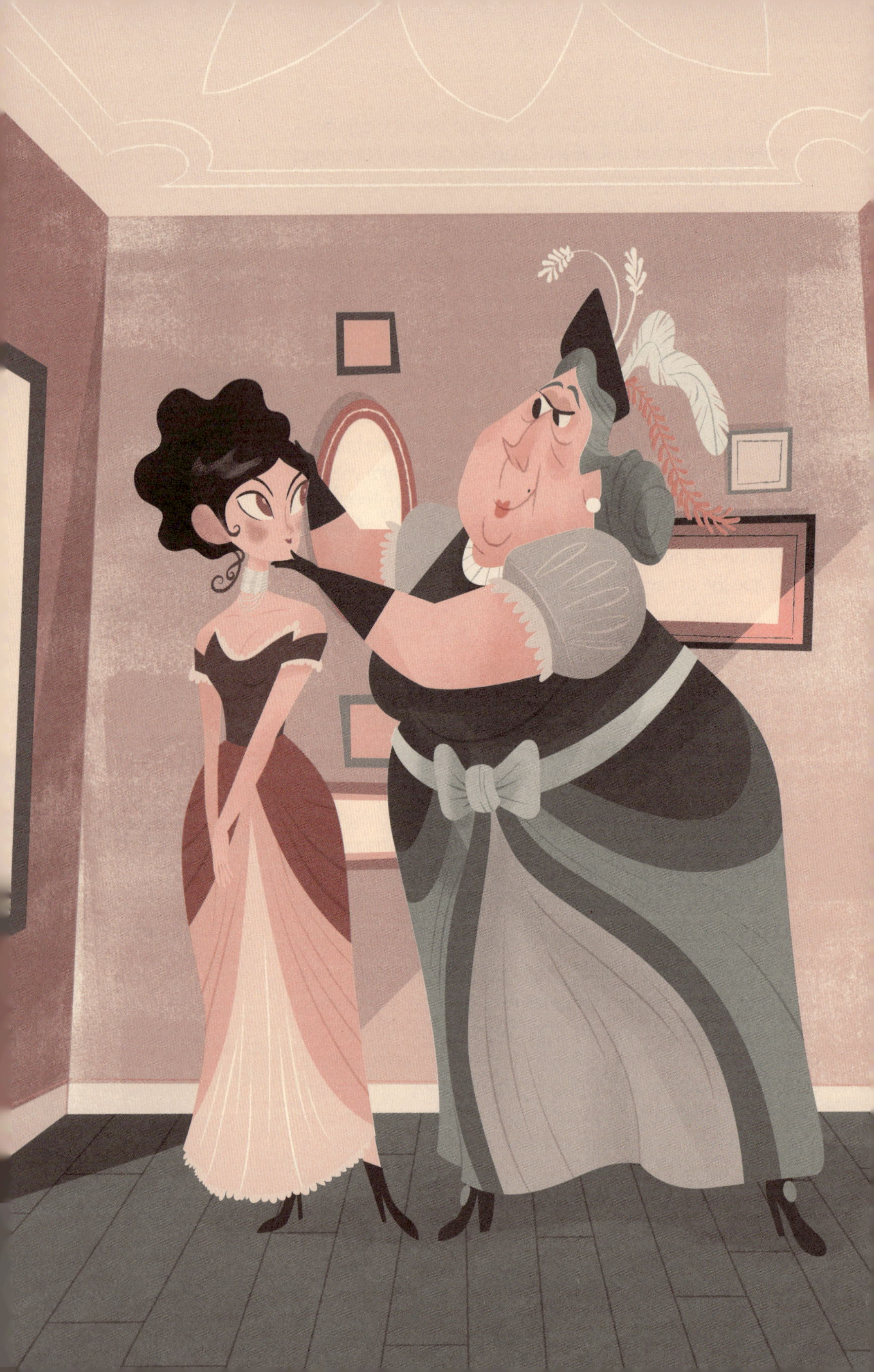

– Vá, vá, acudiu a baronesa, levantando os olhos do livro. O coronel está ansioso por jogar, e é uma fortuna, porque veio da roça insuportável, e não me deixa ler... Então você comprou um cavalo?

Curtos eventos, palavras sem interesse, ou apenas curiosas, que me não consolavam da interrupção a que era obrigado no cometimento voluntário que empreendera; mas naquele dia não foi essa a minha pior impressão. Fomos dali para a mesa do jogo, em uma sala que ficava do outro lado, ao pé da **alcova** do Félix. O coronel, contando os **tentos**, disse-nos que a baronesa estava com ideias de casar a neta, conquanto ainda não tivesse noivo; era uma ideia. Parece que sentia-se fraca, receava morrer sem vê-la casada; foi o que ele ouviu dizer aos Rosários de Iguaçu, que eram muito da intimidade dela, e até parentes. – Depois, rindo para o Félix:

– Ali está um bom arranjo para você.

– Ora! rosnou o rapaz.

– Ora quê? retorquiu o coronel encarando-o, enquanto baralhava e dava as cartas. Repito que era um bom arranjo; eu acho-a bem bonita, acho-a mesmo (tape os ouvidos, reverendíssimo!), acho-a um **peixão**. O pai educou-a muito bem; e depois duas fazendas, pode-se até dizer três, mas uma delas tem andado para trás. Duas grandes fazendas, com setecentas **cabeças**, ou mais; terra de primeira qualidade; muita prata... Não há outro herdeiro...

– Solo! interrompeu o moço.

Ambos passamos; ele jogou e perdeu. Não tinha jogo, foi um modo de interromper o discurso do parente. Mas o coronel era daqueles que não esquecem nada, e daí a pouco tornou ao assunto, para dizer que ele, apesar de **achacado**, se a moça quisesse, tomá-la-ia por esposa; e logo rejeitou a ideia. Não, não podia ser, estava um **cangalho** velho, não era mais quem dantes fora, no tempo do rei, e ainda depois. E vinha já uma aventura de 1815, quando o parente, em respeito a mim, disse--lhe que jogasse ou íamos embora.

Pela minha parte, estava aborrecido. A opinião do coronel, relativamente à conveniência de casar o parente com Sinhazinha, e as mostras de ternura de d. Antônia para com esta,

---

Alcova: quarto, aposento.

Tentos são os pontos de alguns jogos de cartas, neste caso do solo.

Peixão é uma mulher bonitona.

"Cabeça", aqui, é a de gado, quantidade de bois e vacas.

Achacado: enfermo, adoentado.

Cangalho: traste, cacareco.

**Esboço:** plano, rascunho.

**Casmurro:** aborrecido, carrancudo.

> A rua do Ouvidor era a mais chique da cidade e ficava no centro do Rio. Ali havia um monte de loja chiquetosa (de roupa, tecido, joias, produtos importados, livrarias, hotéis, restaurantes e cafés), muitas delas pertencentes a estrangeiros, inclusive franceses. Mas aqui ele está falando da prostituição nessa rua, onde era comum haver prostitutas europeias, e muitos achavam que toda estrangeira era prostituta.

**Atalhar:** impedir, interromper.

**Libertino:** depravado, libidinoso.

**Prestidigitador:** ilusionista, mágico.

🐦 "Me esqueceu" é "me fugiu da memória".

**Aludir:** relatar, mencionar.

🐦 Farsa é uma peça teatral cômica.

**Candonga:** pessoa querida.

**Cavalariça:** cocheira, estábulo.

🐦 Novena é a tradição católica de orar a um santo por nove dias seguidos.

fizeram-me crer que podia haver alguma cousa em **esboço**; mas, ainda que nada houvesse, Raimundo, expansivo como era, chegaria a insinuá-lo à parenta. Era uma solução. Ignoro se Félix também desconfiava a mesma cousa; é, todavia, certo que jogou distraído e calado, – durante alguns minutos, – o que fez com que o coronel nos dissesse de repente que estávamos no mundo da lua, que não viera da roça para ficar **casmurro**, e que, ou jogássemos ou ele ia às **francesas da rua do Ouvidor**.

Ainda uma vez, Félix **atalhou** a imaginação **libertina** do tio. Para desviá-lo dali, falou de outros atrativos, de um **prestidigitador** célebre cujo nome enchia então a cidade, e que inteiramente **me esqueceu**, de bailes de máscaras e teatros. Contou-lhe o enredo dos dramas que andavam então em cena, e **aludiu** a certa **farsa**, que divertira muito o coronel, na última vez que viera da roça. Raimundo tinha a alma ingenuamente crédula para as ficções da poesia; ouvia-as como quem ouve a notícia de uma facada. Não era mau homem, e era excelente pai; disse logo que não perderia nada, e levaria ao teatro as suas **candongas**. Assim chamava às filhas.

Jogamos até perto da hora de jantar. Enquanto eles iam à **cavalariça**, ver os animais chegados, dirigi-me para a sala principal, onde achei d. Mafalda, a tia da Lalau, que vinha buscá-la para ir com ela às **novenas** da Glória; a moça voltaria depois da festa. Pareceu-me que Lalau ia obedecer constrangida; e, por outro lado, não ouvi nenhuma objeção da parte de d. Antônia. Só estavam as três; as hóspedes da roça tinham-se recolhido por alguns instantes. Raimundo e Félix entraram pouco depois, o primeiro convidando-me a ir passear com ele e o sobrinho, a cavalo.

– Mas, se eu não sei montar...

– Não diga isso! Então vamos nós dous, continuou voltando-se para o sobrinho. Vai Nhãtônia...

– Eu não.

– ... Vai Sinhazinha. Sinhazinha é cavaleira de truz.

— Outra vez este nome! A gente como eu, quando receia alguma cousa, faz derivar ou afluir para ela os mais alheios incidentes e as mais casuais circunstâncias. Fui acreditando que o coronel era efetivamente um desbravador, e a temer que o Félix não resistisse por muito tempo à oferta de uma noiva distinta e graciosa, e da riqueza que viria com ela. Olhei para ele; vi-o falando com a tia de Lalau.

— Valeu? perguntou-lhe o coronel de longe.

— Hoje, não.

— Bem, amanhã, depois do almoço.

— A senhora não perde as novenas da Glória, disse Félix a Mafalda.

— É minha devoção antiga; e gosto de ir com Lalau, por causa da mãe, que também era muito devota de Nossa Senhora da Glória. Lembra-se, Nhãtônia? Mas deixe estar, no dia 16 estamos cá.

— Não, interrompeu Félix, venham jantar no dia da Glória; venham de manhã. Temos missa na capela, e que diferença há entre a missa cantada e a rezada? Não é, reverendíssimo?

Fiz um gesto de assentimento. D. Antônia, porém, mordeu o lábio inferior, e não teve tempo de intervir, porque a tia da moça concordou logo em trazê-la no dia 16 de manhã. Lalau agradeceu-lhe com os olhos. Não obstante a disposição do moço, fiquei receoso. Ao jantar, acharam-me preocupado; respondi somente que eram remorsos de ter gasto o melhor do dia ao jogo, em vez de ficar ao trabalho, e anunciei a d. Antônia que, em breve tempo, teria concluído as pesquisas. Caindo a tarde, Lalau e a tia despediram-se, e eu ofereci-me para acompanhá-las. Não era preciso; d. Antônia mandara aprontar a sege.

— Nhãtônia quer dar-se sempre a esses incômodos, disse agradecendo Mafalda.

— Eu não, redarguiu d. Antônia rindo, as incomodadas são as bestas.

A sege, em vez de as tomar ao pé da porta que ficava por baixo da sala dos livros, veio recebê-las diante da varanda, onde nos achávamos todos. O constrangimento de Lalau era já manifesto. Se preferia a mãe a tudo, como me dissera uma vez, cuido que preferia d. Antônia e a Casa Velha à companhia da tia; acrescia agora a presença de hóspedes, a variedade de vida que eles traziam à Casa Velha; finalmente, pode ser também, sem afirmá-lo, que tivesse receios idênticos aos meus. Despediu-se penosamente. D. Antônia, embora lhe fosse **adversa**, é certo que ainda a amava, deu-lhe a mão a beijar, e, vendo-a ir, puxou-a para si, e beijou-a na cara uma e muitas vezes.

— Cuidado, nada de travessuras! disse-lhe.

Tia e sobrinha desceram os degraus da varanda, e quando eu ia ajudá-las a entrar na sege, atravessou-se-me o filho da dona da casa, que deu a mão a uma e outra, cheio de respeito e graça.

— Adeus, Nhãtônia! disse a moça metendo a cabeça entre as cortinas de couro da sege, e fechando-as, depois de dizer-me adeus com os olhos.

Eu, que estava no topo da escada, correspondi-lhe igualmente com os olhos, e voltei para as outras pessoas, enquanto a sege ia andando, e o moço subia os degraus.

— Nhãtônia, disse o coronel rindo, este seu filho dava para **camarista do paço**.

D. Antônia, escandalizada, tinha entre as sobrancelhas uma ruga, e olhou **sombria** para o filho. Quero crer que esse incidente foi a gota que fez entornar do espírito de d. Antônia a singular determinação que vou dizer.

---

Adverso: oposto, contrário.

No palácio (paço), os reis tinham criados que eram gente comum e pobretona, mas também havia uns nobres que prestavam serviços diretos para eles. O camarista (ou camareiro-mor) era um deles: era um fidalgo que atendia exclusivamente às necessidades do monarca. Esse era até que um cargo de prestígio, mas ainda muito ralé para a família da d. Antônia.

Sombrio: triste, desanimado.

# VII

**Era na varanda, na manhã seguinte. Quando ali cheguei,** dei com d. Antônia só, passeando de um para outro lado; a baronesa recolhera-se, e os outros tinham saído a cavalo, depois de alguma espera para que eu os visse; mas cheguei tarde; por que é que não fui mais cedo?

— Não pude; estive sabendo as **más notícias** que vieram do sul.

— Sim? perguntou ela.

Contei-lhe o que havia, acerca da rebelião; mas os olhos dela, despidos de curiosidade, vagavam sem ver, e, logo que o percebi, parei subitamente. Ela, depois de alguma pausa:

— Ah! então os rebeldes...

Repetiu a palavra, murmurou outras, mas sem poder vinculá-las entre si, nem dar-lhes o calor que só o real interesse possui. Tinha outra rebelião em casa, e, para ela, a crise do-

> A década de 1830 teve vários movimentos contra o governo imperial e o mais longo deles foi um que rolou no Rio Grande do Sul, liderado por indivíduos da elite rural de lá. Se arrastando por dez anos, de 1835 a 1945, o negócio ficou conhecido como Guerra dos Farrapos ou Revolução Farroupilha.

méstica valia mais que a pública. É natural, pensei comigo; e tratei de ir aos meus papéis. Ao pedir-lhe licença, vi-a olhar para mim, calada, e reter-me pelo pulso.

– Já? disse finalmente.

– Vou ao trabalho.

D. Antônia hesitou um pouco; depois, **resoluta**:

– Ouça-me!

Respondi que estava às suas ordens, e esperei. D. Antônia passou a mão pelos olhos, sacudiu a cabeça, e perguntou-me se não suspeitava alguma causa absoluta de impedimento entre o filho e Lalau.

– Causa absoluta?

– Sim, murmurou ela, a medo, baixando e erguendo os cílios, como envergonhada.

Confesso que a suspeita de que Lalau era filha dela acudiu-me ao espírito, mas **varri**-a logo **por absurda**; adverti que ela o diria antes à própria moça do que a nenhum homem, ainda que padre. Não, não era isso. Mas então que era? Tive outra suspeita, e pedi-lhe que me dissesse, que me explicasse...

– Está explicado.

– Seu marido...?

D. Antônia fez um gesto afirmativo, e desviou os olhos. Tinha a cara que era um **lacre**. Quis ir para dentro, mas recuou, deu alguns passos até o fim da varanda, voltou, e foi sentar-se na cadeira que ficava mais perto, entre duas portas; apoiou os braços nos joelhos, a cabeça nas mãos, e deixou-se estar. Eu, espantado, não achava nada que dissesse, nada, cousa nenhuma; olhava para o ladrilho, à toa; e assim ficamos por um longo **trato** de tempo. Acordou-nos um moleque, vindo pedir uma chave à senhora, que lhe deu o **molho** delas, e ficou ainda sentada, mas sem pousar a cabeça nas mãos. A expressão do rosto não era propriamente de tristeza ou de resignação, mas de constrangimento, e pode ser também que de ansiedade; e não fiz logo esse reparo, mas depois, recapitulando as palavras e os gestos. Fosse como fosse, não me passou pela ideia que aquele im-

---

*Resoluto: decidido, determinado.*

*Varrer: apagar, dissipar.*

> Só houve a omissão do "ser", ou seja, "por ser absurda".

> "Lacre", aqui, tem o sentido de "cara fechada".

*Trato: período, duração.*

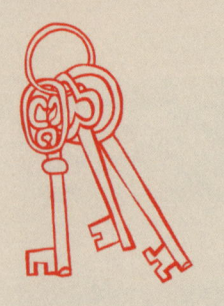

> Molho é o coletivo de chaves.

pedimento moral e **canônico** podia ser um simples recurso de ocasião.

Caminhei para ela, estendi-lhe as mãos, ela deu-me as suas, e apertando-lhas, disse-lhe que não devia ter ajuntado à fatalidade do nascimento o favor das circunstâncias; não devia tê-los levado, pelo descuido, ao ponto em que estavam, para agora separá-los **irremediavelmente**. D. Antônia murmurou algumas palavras de explicação: – acanhamento, confiança, esperança, a ideia de casá-la com outro, a de mandar o filho à Europa... As mãos tremiam-lhe um pouco; e, talvez por tê-lo sentido, puxou-as e cruzou os braços.

– Bem, disse-lhe eu, agora é separá-los.

– Custa-me muito, porque eu gosto dela. Eduquei-a como filha.

– É urgente separá-los.

– Aqui é que vossa reverendíssima podia prestar-me um grande obséquio. Não me atrevo a fazer nada; não sei mesmo o que poderia fazer. Vossa reverendíssima, que os estima, e creio que me estima também, é que acharia algum arranjo. Meu filho está resolvido a ir por diante; mas a sua **intervenção**... Posso contar com ela?

– Tem sido excessiva a minha intervenção. Vim receber um obséquio, e acho-me no meio de um drama. Era melhor que me tivesse limitado a recolher papéis...

– Não diga mais nada; acabou-se. Demais, um padre não se pode arrepender do benefício que tentou fazer. A intenção era generosa; mas o que lá vai, lá vai. Agora é dar-nos remédio. Será tão egoísta que me não ajude? Não tenho outra pessoa; o coronel é um **estonteado**... E depois, por mim, só, não faço nada... Ajude-me.

D. Antônia falava baixinho, com medo de que nos ouvissem; chegou a levantar-se e ir espiar a uma das portas, que davam para a sala. Não julguei mal da precaução, que era natural; e, quando ela, voltando a mim, parou e interrogou-me de novo, respondi-lhe que procurava equilibrar-me primeiro; a revelação **atordoara**-me. Aqui desviei os olhos.

---

Cânone é uma regra e, no catolicismo, todo mundo que foi batizado deve seguir os cânones da Igreja. O conjunto dessas normas forma o direito canônico, e em seu código (ou seja, a documentação que compila essas leis) está escrito que irmãos não devem se casar, mesmo que sejam só meio-irmãos.

Irremediável: irreparável, irrecuperável.

Intervenção é a entrada de uma terceira pessoa para tentar resolver um conflito entre outras duas.

Estonteado: tolo, confuso.

Atordoar: desconcertar, entontecer.

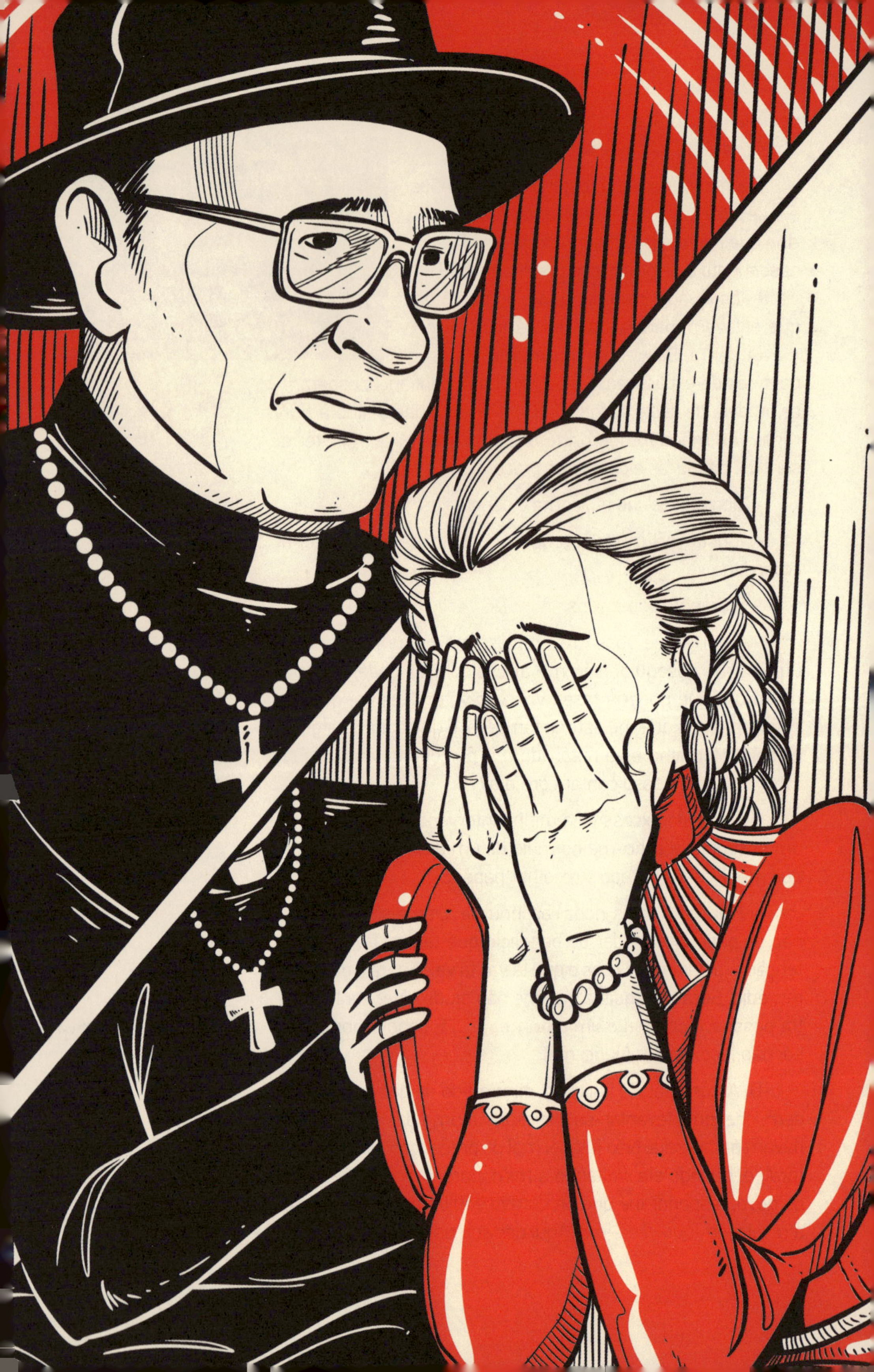

— Não é **sangria desatada**, acrescentei. Lalau está fora por alguns dias; pensarei lentamente. Que a ajude? Hei de ser obrigado a isso, agora que a situação mudou. Se não dei causa ao sentimento que os liga, é certo que o aprovei, e estava pronto a santificá-lo. A senhora foi muito imprudente.

— Confesso que fui.

— Vai agora desgraçá-los.

D. Antônia fez com a boca um gesto, que podia parecer meio sorriso, e era tão somente expressão de **incredulidade**. Traduzido em palavras, quer dizer que não admitia que a separação dos dous pudesse trazer-lhes nenhum **perpétuo infortúnio**. Tendo casado por eleição e acordo dos pais, tendo visto casar assim todas as amigas e parentas, d. Antônia mal **concebia** que houvesse, ao pé deste costume, algum outro natural e anterior. **Cuidava** a princípio que a sua vontade bastava a **compor** as cousas; depois, não **logrando** mais que **baralhá**-las, cresceu-lhe naturalmente a irritação, e afinal criou medo; mas, supôs sempre que o efeito da separação não passaria de algumas lágrimas.

— Amanhã ou depois falaremos, disse-lhe.

Fui dali aos livros. Ao entrar na sala deles, parei diante do retrato do ex-ministro, e mirei por alguns instantes aquela boca, que me parecera lasciva, desde que a vi pela primeira vez. E disse comigo, olhando para ele:

— Estás morto. Gozaste e descansas; mas eis aqui os frutos podres da **incontinência**; e são teus próprios filhos que vão tragá-los.

Estava irritado, dava-me ímpeto de quebrar alguma cousa. Sentei-me, levantei-me, fui à janela e acabei passeando ao longo da sala, com os pensamentos dispersos e confusos. Os livros, arranjados nas estantes, olhavam para mim, e talvez comentavam a minha agitação com palavras de **remoque**, dizendo uns aos outros que eles eram a paz e a vida, e que eu padecia agora as consequências de os haver deixado, para entrar no conflito das cousas. **Nem por sombras** me acudiu que a revelação de d. Antônia podia não ser verdadeira; tão grave era a cousa e tão **austera** a pessoa. Não **adverti** sequer na minha cumplicidade. Em verdade, eu é que proferi as palavras

---

*"Sangria desatada" é algo grave e urgente.*

*Incredulidade: dúvida, descrença.*

*Isto é, uma infelicidade (infortúnio) eterna (perpétuo).*

*Conceber: considerar, compreender.*

*Cuidar: supor, acreditar.*

*Compor: arrumar, ajustar.*

*Lograr: obter, conseguir.*

*Baralhar: embaralhar, atrapalhar.*

*Incontinência: luxúria, devassidão.*

*Remoque é uma crítica ou gozação feita como uma indireta.*

*"Nem por sombras" quer dizer "de modo algum".*

*Austero: sério, íntegro.*

*Advertir: reparar, perceber.*

🔵 Ou seja, se tivesse me calado.

Malícia: maldade, ardileza.

🔵 Bioco é fingimento de recato, de virtude.

Teso: firme, inflexível.

> Na Revolução Farroupilha, os farrapos eram os revoltosos que defendiam o fim da monarquia, ou seja, eram republicanos. E quem defendia a continuação dela eram os legalistas, os "legais", ou ainda "caramurus". E a tal da invasão de Santa Catarina aconteceu em Laguna, na costa do estado, onde em 24 de julho de 1839 disseram que aquilo ali era independente, era a República Juliana (oficialmente, República Catarinense Livre e Independente). Mas já em novembro o território fora recuperado pelas forças imperiais.

Escarmento: punição, advertência.

🔵 Pajem era um jovem escravizado que acompanhava e auxiliava o proprietário o tempo todo.

Apear: desmontar (do cavalo), descavalgar.

8 Bento Gonçalves da Silva (1788-1847), militar brasileiro que esteve entre os líderes dos farrapos e foi o primeiro presidente da República Rio-Grandense.

que ela trazia na mente; **se me tenho calado**, chegaria ela a dizê-las? Pode ser que não; pode ser que lhe faltasse ânimo para mentir. Tocado de **malícia**, o coração dela achou na minha condescendência um apoio, e falou pelo silêncio. Assim vai a vida humana: um nada basta para complicar tudo.

Meia hora depois, ou mais, ouvi rumor do lado de fora, cavalos que chegavam lentamente: eram os passeadores. Fui à janela. Uma das filhas do coronel vinha na frente com o pai; a outra e Sinhazinha seguiam logo, com o rapaz entre elas. Félix falava a Sinhazinha, e esta ouvia-o olhando para ele, direitamente, sem **biocos**, como na varanda; era talvez o cavalo que restituía à rio-grandense a posse de si mesma e a franqueza das atitudes. Todo entregue a um acontecimento, subordinei a ele os outros, e concluí da familiaridade dos dous que bem podiam vir a amar-se. Sinhazinha escutava com atenção, cheia de riso, pescoço **teso**, segurando as rédeas na mão esquerda, e dando com a ponta do chicotinho, ao de leve, na cabeça do cavalo.

— Reverendíssimo, bradou parando embaixo da janela o coronel, os ***farrapos*** invadiram Santa Catarina, entraram na Laguna, e os legais fugiram. Eu, se fosse o governo, mandava fuzilar a todos estes para **escarmento**...

Já os **pajens** estavam ali, à porta, com bancos para as moças, **apearam**-se todos e subiram. Daí a alguns minutos Raimundo e Félix entravam-me pela sala, arrastando as esporas. Raimundo creio que ainda trazia o chicote; não me lembra. Lembra-me que disse ali mesmo, agarrando-me nos ombros, uma multidão de cousas duras contra **Bento Gonçalves**, e principalmente contra os ministros, que não prestavam para nada, e deviam sair. O melhor de tudo era logo aclamar o imperador. Dessem-lhe cinquenta homens — vinte e cinco que fossem, — se ele em duas horas não pusesse o imperador no trono, e os ministros na rua, estava pronto a perder a vida e a alma. Uns lesmas! Tudo levantado, tudo sublevado, ao norte e ao sul... Agora parece que iam mandar tropas, e falava-se no **general Andréa** para comandá-las. Tudo remendos. Sangue novo é o que se precisava... **Parola**, muita parola.

Bufava o coronel; o sobrinho para aquietá-lo, metia alguma palavra, de quando em quando, mas era o mesmo que nada, se não foi pior. Irritado com as interrupções, bradou-lhe que, se o pai fosse vivo, as cousas andariam de outro modo.

– Aquele não era **paz d'alma**, disse o coronel apontando para o retrato. Fosse ele vivo! Não era militar, como sabe, – continuou olhando para mim, – mas era homem **às direitas**. Veja-me bem aqueles olhos, e diga-me se ali não há vida e força de vontade... Um pouco **velhacos**, é certo, acrescentou **galhofeiramente**.

– Tio Raimundo! suplicou Félix.

– Velhacos, repito, não digo velhacos para **tratantadas**, mas para amores; era maroto com as mulheres, – prosseguiu rindo e esquecendo inteiramente a rebelião. Eu, quando vossa reverendíssima mudar de cara, e trouxer outra mais alegre, hei de contar-lhe algumas aventuras dele... Veja aqueles olhos! E não imagina como era **gamenho, requebrado**...

Félix saiu neste ponto; eu fui sentar-me à escrivaninha; o coronel continuou o assunto, e foi despir-se. Não me procurou mais até à hora do jantar; naturalmente porque o sobrinho o impediu de vir perturbar-me na pesquisa dos papéis, como se eu tivesse papéis na cabeça. Maroto com as mulheres! Esta palavra **retiniu** ali por muito tempo. Maroto com as mulheres! Tudo se me **afigurava** claro e evidente.

---

Francisco José de Sousa Soares de Andréa, o barão de Caçapava (1781-1858), foi um militar português que veio ao Brasil na comitiva de d. João VI. Após a Independência, tomou parte da Guerra Cisplatina e depois foi presidente de várias províncias: no Pará, combateu a Cabanagem; em Santa Catarina, deu um pau nos farrapos, tirando os caras de Laguna; no Rio Grande do Sul, exerceu o cargo debaixo da confusão farroupilha; e foi presidente também em Minas Gerais, Bahia e, de novo, Rio Grande do Sul. Era tão bravo que muitos diziam que era autoritário.

Parola: falatório, tagarelice.

Ser "paz d'alma" é não ter iniciativa, ser molenga.

Às direitas: justo, correto.

Velhaco pode ser tanto trapaceiro, ardiloso, quanto devasso, libertino.

Galhofeiro: brincalhão, engraçado.

Tratantada: fraude, patifaria.

Traduzindo: elegante (gamenho), sensual (requebrado).

Retinir: ecoar, tilintar.

Afigurar: parecer, demonstrar.

# VIII

No centro do Rio de Janeiro havia a lagoa Boqueirão da Ajuda, tratada pelas pessoas como um lixão e por isso mesmo fedida de dar enjoo. No começo dos anos 1700, rolou uma epidemia matadora que muita gente achava que tinha sido provocada pela catinga pesada daquela lagoa — havia a teoria dos miasmas, que era bem isso, achando que muita doença era causada por cheiro podre. Daí resolveram jogar terra ali e acabar com o Boqueirão. E, em cima, construíram o primeiro jardim público do país, o Passeio Público, que logo virou o grande ponto de encontro dos cariocas.

**Não podia hesitar muito. Deixei de ir três dias** à Casa Velha; fui depois, e convidei o Félix a vir jantar comigo no dia seguinte. Jantamos cedo, e fomos dali ao **Passeio Público**, que ficava perto de minha casa. No Passeio, disse-lhe:

— Sabe que sou seu amigo?

— Sei, respondeu ele franzindo a testa.

— Não se aflija; o que lhe vou dizer é antes bem que mal. Sei que estima sua mãe; ela o merece, não só por ser mãe, como porque, se alguma cousa faz que parece contrariá-lo, não o faz senão em benefício seu e da verdade.

Félix tornou a franzir a testa.

— Adivinho que há alguma cousa difícil de dizer que me há de **mortificar**. Vamos, diga depressa.

— Digo já, ainda que me custe. E creia que me custa, mas é preciso: esqueça aquela moça. Não me olhe assim; imagina talvez que estou finalmente nas mãos de sua mãe.

Mortificar: angustiar, atormentar.

— Imagino.

— Antes fosse isso, porque então o senhor não atenderia a um nem a outro, e casaria, se lhe conviesse.

— E por que não farei isso mesmo?

— Não pode ser; não pode casar, esqueça-a, esqueça-a de uma vez para sempre. Deus é que o não quer, Deus ou o diabo, porque a primeira ação é do diabo; mas esqueça-a inteiramente. Seu pai foi um grande culpado...

Aqui ele pediu-me, aflito, que lhe contasse tudo. Custou-me, mas revelei-lhe a confidência da mãe. A impressão foi profunda e dolorosa, mas o sentimento do **pudor** e da religião pôde **serená**-la depressa. Quis prolongar a conversação; ele não o quis, não podia, e achei natural que não pudesse; pouco falou, distraído ou absorto, e despediu-se dali a alguns minutos.

Não foi para casa, como soube depois; foi andar, andar muito, **revolvendo** na memória as duras palavras que lhe disse. Só entrou em casa depois de oito horas da noite, e recolheu-se ao quarto. A mãe estava aflita; pressentira a minha revelação, e receou alguma imprudência; provavelmente arrependeu-se de tudo. Certo é que, logo que soube da chegada do filho, foi ter com ele; Félix não lhe disse nada, mas a

*Pudor: vergonha, acanhamento.*

*Serenar: acalmar, aquietar.*

*Revolver: remoer, repisar.*

expressão do rosto mostrou a d. Antônia o estado da alma. Félix queixou-se de dor de cabeça, e ficou só.

Foi ele mesmo que me contou tudo isso, no dia seguinte, indo a minha casa. Agradeceu-me ainda uma vez, mas queixou-se do singular silêncio da mãe. Expliquei-lho, a meu modo; era natural que lhe custasse a revelação, e não a fizesse antes de tentar qualquer outro meio.

– Seja como for, estou curado, disse ele. A noite fez-me bem. O sentimento que essa menina me inspirou converteu-se agora em outro, e creia que pela imaginação já me acostumei a chamá-la irmã; creia mais que acho nisto um sabor particular, talvez por ser filho único.

Apertei-lhe a mão, aprovando. Confesso que esperava menos pronta **conformidade**. Cuidei que tivesse de assistir a muito desespero, e até lágrimas. Tanto melhor. Ele, depois de alguns instantes, consultou-me se acharia prudente revelar tudo à moça; também eu já tinha pensado nisso, e não resolvera nada. Era difícil; mas não achava modo de não ser assim mesmo. Depois de algum exame, **assentamos** de não dizer nada, salvo em último caso.

Os dias que se seguiram foram naturalmente de constrangimento. Os hóspedes de d. Antônia notaram alguma cousa na família, que não era habitual; e a baronesa resolveu voltar para a fazenda, logo depois da festa da Glória. Sinhazinha é que não sei se reparou em alguma cousa; continuava a ter os mesmos modos do primeiro dia. A ideia de casá-la com o filho de d. Antônia **entrou** a parecer-me natural, e até indispensável. Conversei com ela; vi que era inteligente, dócil e meiga, ainda que fria: assim parecia, ao menos. Casaria com ele, ou com outro, à vontade da avó. No dia 15, devia ir Lalau para a casa, e eu, que o sabia, lá não fui, apesar do convite especial que tivera para jantar. Não fui, não tive ânimo de ver o primeiro encontro da alegria expansiva e ruidosa da moça com a frieza e o afastamento do rapaz. Deixei de lá ir cinco dias; apareci a 20 de agosto.

# IX

**No dia 20 achei, com efeito, tudo mudado, Lalau suspeitosa** e triste, Félix retraído e seco. Este veio contar-me o que se passara, e acabou dizendo que o estado moral da menina pedia a minha intervenção. Pela sua parte não queria mudar de maneiras com ela, para não **entreter** um sentimento condenado; não ousava também dar-lhe notícia da situação nova. Mas eu podia fazê-lo, sem constrangimento, e com vantagem para todos.

— Não sei, disse eu depois de alguns instantes de reflexão; não sei... Sua mãe?

— Mamãe está perfeitamente bem com ela; parece até que a trata com muito mais ternura. Não lhe dizia eu? Mamãe é muito amiga dela.

— Não lhe terá dito nada?

— Creio que não.

E depois de algum silêncio:

— Nem lho diria ela mesma. Há confissões difíceis de fazer a outros, e impossíveis a ela; digo fazê-las direta-

*Entreter: manter, sustentar.*

**Afouto:** ansioso, apressado.

🅃 "O que era feito de mim", ou seja, "o que andei fazendo".

🅃 "Tabaquento" é cheirando a fumo, a tabaco.

**Acabrunhar:** angustiar, apoquentar.

**Caçoar:** troçar, zombar.

**Lástima:** pena, compaixão.

mente à pessoa interessada. Vamos lá; tire-nos desta situação duvidosa.

— Bem; verei. Não afirmo nada; verei.

Estávamos na sala dos livros; Lalau apareceu à porta. Parou alguns instantes, depois veio **afoutamente** a mim, expansiva e ruidosa, mas de propósito, por pirraça; tanto que não me falava com a atenção em mim, mas dispersa, e olhando de modo que pudesse apanhar os gestos do rapaz. Este não dizia nada, olhava para os livros. Lalau perguntou-me **o que era feito de mim**, por onde tinha andado, se era ingrato para ela, se a esquecia; afirmando que também estava disposta a esquecer-me, e já tinha um padre em vista, um cônego, **tabaquento**, muito feio, cabeça grande. Tudo isso era dito por modo que me doía, e devia doer a ele também; certo é que ele não se demorou muito na sala; foi até à janela, por alguns instantes; depois disse-me que ia ver os cavalos e saiu.

Lalau não pôde mais conter-se; logo que ele saiu, deixou-se cair numa cadeira, ao canto da sala, e rompeu em lágrimas. A explosão atordoou-me, corri para ela, peguei-lhe nas mãos, ela pegou nas minhas, disse que era desgraçada, que ninguém mais lhe queria, que tinha padecido muito naquele dia, muito muito... Nunca falamos do sentimento que a **acabrunhava** agora; mas não foi preciso começar por nenhuma confissão.

— Não compreendo nada, dizia ela; sei só que sofro, que choro, e que me vou embora. Por quê? Sabe que há?

Não lhe dei resposta.

— Ninguém sabe nada, naturalmente, continuou ela. Quem sabe tudo já lá vai caminhando para a roça. Devia ser assim mesmo; eu não valho nada, não sou nada, não tenho avó baronesa, sou uma agregadazinha... Mas então por que enganar-me tanto tempo? Para **caçoar** comigo?

E chorava outra vez, por mais que eu defronte dela, em pé, lhe dissesse que não fizesse barulho, que podiam ouvir; ela, porém, durante alguns minutos não atendia a nada. Quando cansou de chorar, e enxugou os olhos, estava realmente digna de **lástima**. A expressão agora era só de dor e de abatimento; desaparecera a indignação da moça obscura que se vê preterida por outra de melhor posição. Sentei-me ao lado dela, disse-lhe que era preciso ter paciência, que os desgostos eram a parte principal da vida; os prazeres eram a exceção; disse-lhe tudo o que a religião lhe poderia lembrar para **obter que se resignasse**. Lalau ouvia com os olhos parados, ou olhando vagamente; às vezes interrompia com um sorriso. **Urgia** contar-lhe tudo; mas aqui confesso que não achava palavras. Era grave a notícia; o efeito devia ser violento, porque, conquanto ela cuidasse estar abandonada por outra, a esperança lá se **aninharia** nalgum recanto do coração, e nada está perdido enquanto o coração espera alguma cousa. Mas a notícia da **filiação** era decisiva.

Não sabendo como dizê-lo, prossegui na minha **exortação** vaga. Ela, que a princípio ouvia sem interesse, olhou de repente para mim, e perguntou-me se realmente estava tudo perdido. Vendo que lhe não dizia nada:

— Diga, **por esmola**, diga tudo.

— Vamos lá, sossegue...

— Não sossego, diga.

— Enquanto não sossegar não digo nada. Escute, Deus escreve direito por linhas tortas. Quem sabe o que estaria no futuro?

— Não entendo; diga.

Em verdade, não se podia ser **menos hábil, ou mais atado** que eu. Não ousava dizer a cousa, e não fazia mais que aguçar o desejo de a ouvir. Lalau instou ainda comigo, pegou-me nas mãos, beijou-mas, e esse gesto fez-me mal, muito mal. Ergui-me, dei dous passos, e voltei dizendo que, não agora, por estar tão fora de si, mas depois lhe contaria tudo, tudo, que era uma cousa grave...

— Grave? Diga-me já, já.

E pegou-se a mim, que lhe dissesse tudo, jurava não contar nada a ninguém, se era preciso guardar segredo; mas não queria ignorar o que era. Não me dava tempo; se eu abria a boca para adiar, interrompia-me que não, que havia de ser logo, logo; e falava-me em nome de Deus, de Nossa Senhora, e perguntava-me se era assim que dizia ser padre.

---

Ou seja, conseguir (obter) que aceitasse (que se resignasse).

Urgir é ser urgente, inadiável.

Aninhar: alojar, aconchegar.

Filiação é a determinação de quem são os pais de alguém.

Exortação: estímulo, encorajamento.

"Por esmola" quer dizer "por caridade".

Traduzindo: menos competente (hábil) ou mais envergonhado (atado).

— Promete ouvir-me quieta?

— Prometo, disse ela depressa, ansiosa, pendendo-me dos olhos.

— É bem grave o que lhe vou dizer.

— Mas diga.

Peguei-lhe na mão, e levei-a para defronte do retrato do finado conselheiro. Era teatral o gesto, mas tinha a vantagem de me poupar palavras; disse-lhe simplesmente que ali estava alguém que não queria: o pai de ambos. Lalau empalideceu, fechou os olhos e ia cair; pude **sustê**-la a tempo.

Lalau tinha o sentimento das situações graves. Aquela era excepcional. Não me disse nada, depois da minha revelação, não me fez pergunta nenhuma; apertou-me a mão e saiu.

Dous dias depois foi para casa da tia, a **pretexto** de não sei que negócio de família, mas realmente era uma separação. Fui ali vê-la; achei-a abatida. A tia falou-me em particular; perguntou-me se houvera alguma cousa em casa de d. Antônia; a sobrinha, interrogada por ela, respondera que não; quis ir à Casa Velha, mas foi a própria sobrinha que a dissuadiu, ou antes que lhe impôs que não fosse.

— Não houve nada, foi a sua última palavra. O que há é que é tempo de viver em nossa casa, e não na casa dos outros. Estou moça, preciso de cuidar da minha vida.

D. Mafalda não achava **própria** esta razão. A sobrinha era tão amiga da Casa Velha, e a família de d. Antônia queria-lhe tanto, que não se podia explicar daquele modo uma retirada tão repentina. Nunca lhe ouvira o menor projeto a tal respeito. **Acresce** que, desde que viera, andava triste, muito triste...

Todas essas reflexões eram justas; entretanto, para que ela não chegasse a ir à Casa Velha, disse-lhe que a razão dada por Lalau, se não era sincera, era em todo caso boa. Pensava muito bem querendo vir para casa; eram pobres; ela devia acostumar-se à vida pobre, e não à outra, que era abundante e larga, e podia criar-lhe hábitos perigosos.

**Nada lhe disse a ela mesma**, nem era possível; falamos juntos os três na sala de visitas, que era também

---

*Suster: amparar, segurar.*

*Pretexto: desculpa, justificativa.*

*Próprio: verdadeiro, autêntico.*

*Acrescer: somar, adicionar.*

"Nada lhe disse a ela mesma" significa que não conversaram em particular.

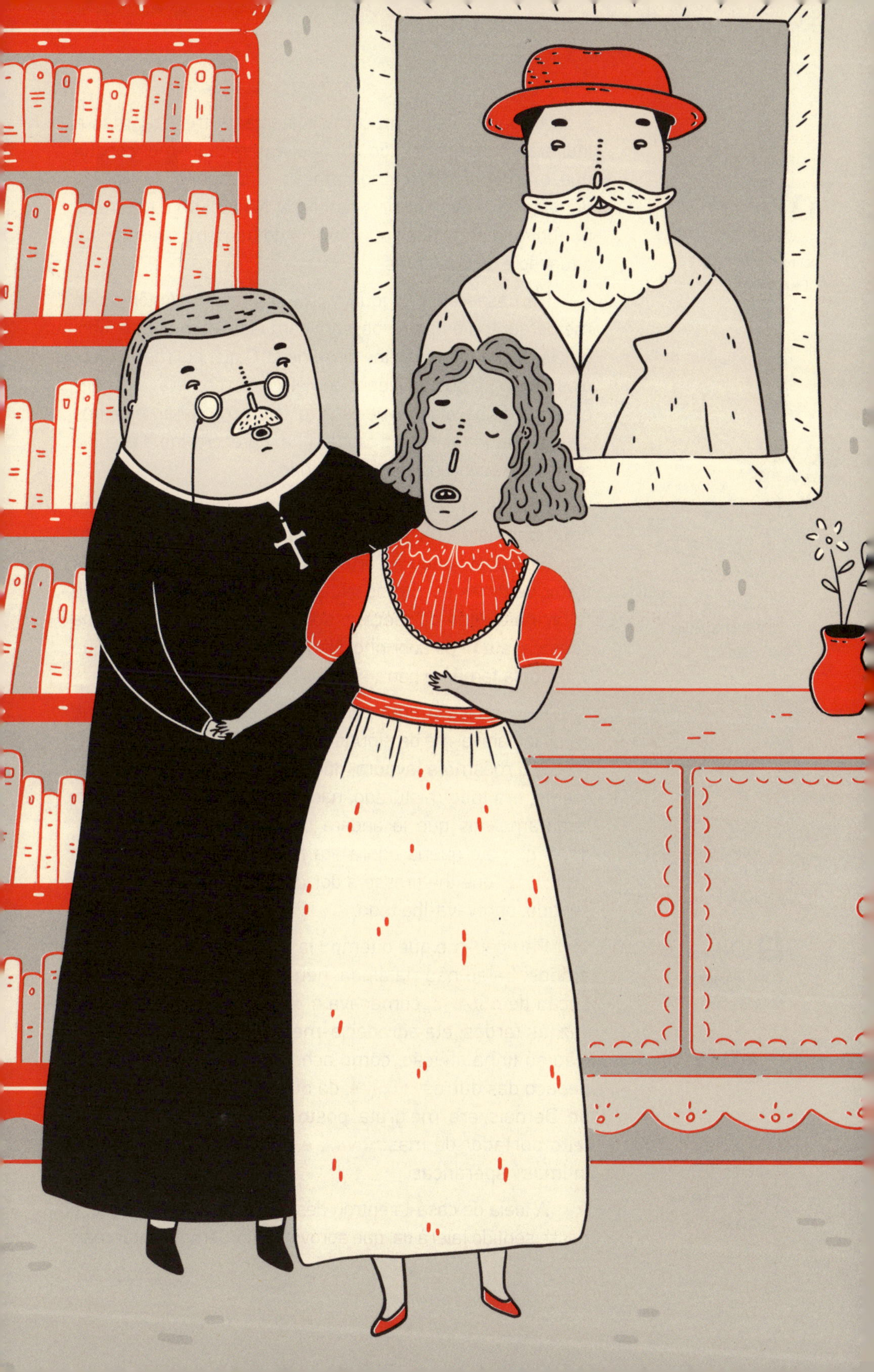

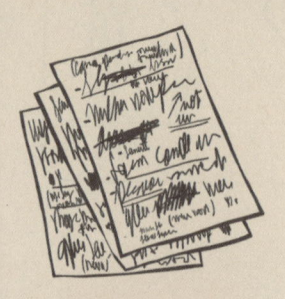

a de trabalho. Lalau procurou disfarçar a tristeza, mas a indiferença aparente não chegou a persuadir-me; concluí que o amor lhe ficara no coração, a despeito do vínculo de sangue, e tive horror à natureza. Não foi só à natureza. Continuei a **aborrecer a memória** do homem, causa de tal situação e de tais dores.

Na Casa Velha fui igualmente discreto. D. Antônia não me perguntou o que se passara com elas, nem com o filho, e pela minha parte não lhe disse nada. O que ela me confiou, dias depois, é que a viagem de Félix à Europa era já desnecessária; cuidava agora de casá-lo; falou-me claramente nos seus projetos relativos a Sinhazinha. Parecera-lhe a escolha excelente; eu inclinei-me, aprovando.

Passaram-se muitos dias. O meu trabalho estava no fim. Tinha visto e revisto muitos papéis, e tomara muitas notas. O coronel voltou à Corte no meado de setembro; vinha tratar de umas escrituras. Notou a diferença da casa, onde faltava a alegria da moça, e sobrava a tristeza ou alguma cousa **análoga** do sobrinho. Não lhe disse nada; parece que d. Antônia também não.

Félix passava uma parte do dia comigo, sempre que eu ali ia; falava-me de alguns planos relativamente a indústrias, ou mesmo a lavoura, não me lembra bem; provavelmente, era tudo misturado, nada havia nele ainda definido; lembramo-nos que já andara com ideias de ser deputado. O que ele queria agora era fazer alguma cousa que o **aturdisse**, que lhe tirasse a dor do recente desastre. Neste sentido, aprovava-lhe tudo.

Pareceu-me que o tempo ia fazendo algum efeito em ambos. Lalau não ria ainda, nem tinha a mesma conversação de **outrora**; começava a **apaziguar**-se. Ia ali muita vez, às tardes; ela agradecia-me evidentemente a fineza. Não só tinha afeição, como achava na minha pessoa um pedaço das outras **feições**, da outra casa e do outro tempo. Demais, era-me grata, posto que o destino me tivesse feito portador de más **novas**, e destruidor de suas mais íntimas esperanças.

A ideia de casá-la entrou desde logo no meu espírito; e nesse sentido falei à tia, que aprovou tudo, sem adiantar mais nada. Não conhecia o Vitorino, filho do segeiro, e perguntei-lhe que tal seria para marido.

– Muito bom, disse-me ela. Rapaz sério, e **tem alguma cousa por morte do pai.**

– Tem alguma educação?

– Tem. O pai até queria fazê-lo **doutor**, mas o rapaz é que não quis; disse que se contentava com outra cousa; parece que está escrevente de cartório... escrevente não sei como se diz... mentado... paramentado...

– **Juramentado**.

– Isso mesmo.

– Bem, se puder falar com ela... sem dizer tudo... assim a modo de **indagação**...

– Verei; deixe estar.

Dias depois, d. Mafalda **deu-me conta** da incumbência: a sobrinha nem queria ouvir falar em casar. Achava o Vitorino muito bom noivo, mas o seu desejo era ficar solteira, trabalhar em costura, para ajudar a tia e não depender de ninguém; mas casar nunca.

Esta conversa trouxe-me a ideia de ponderar a d. Antônia que, uma vez que Lalau era filha de seu marido, ficava-lhe bem fazer uma pequena doação que a **resguardava** da miséria. D. Antônia aceitou a lembrança sem hesitar. Estava tão contente com o resultado obtido, que podia fazê-lo. Confessou-me, porém, que o melhor de tudo seria, feita a doação, passados os tempos, e casado o filho, voltar a menina para a Casa Velha. Tinha grandes saudades dela; não podia viver muito tempo sem a sua companhia. Repeti a última parte a Lalau que a escutou comovida. Creio até que ia a brotar-lhe uma lágrima; mas reprimiu-a depressa, e falou de outra cousa.

Era uma terça-feira. Na quarta, devia eu **ultimar** os meus trabalhos na Casa Velha, e restituir os papéis, quando fiz um achado que transtornou tudo.

---

Quer dizer que herdou algo do pai falecido.

Doutor, na época, era alguém que se formava na faculdade.

O escrevente juramentado é um funcionário do sistema Judiciário, inclusive de cartório.

Indagação: pesquisa, investigação.

Dar contas é dar notícias, informar.

Resguardar: proteger, salvaguardar.

Ultimar: terminar, finalizar.

# X

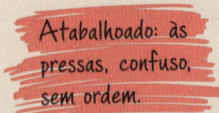

**Estava recolhendo tudo, quando dei por falta de uma nota** tomada naquele dia; não era fácil reproduzir a nota, pois não a havia tirado de uma só página nem de um só livro, mas de muitos livros diferentes. O caso aborreceu-me; procurei o papel **atabalhoadamente**; depois recomecei com cuidado. Abria os livros com que trabalhara nesse dia, um por um, mas não achava nada. Vim achar a nota, depois, ao pé da grade da janela, prestes a cair.

Entre os livros que folheei, procurando, achava-se um relatório manuscrito, que eu lera apenas em parte, não o tendo feito na que continha tão somente a transcrição de documentos públicos. Pegando no livro pela lombada, e agitando-o para fazer cair a nota, se ali estivesse, vi que efetivamente caía um papelinho.

Vinha dobrado, e vi logo que era por letra do ex-ministro. Podia ser alguma cousa interessante, para os meus fins. Era um trecho de bilhete a alguma mulher, cujo nome não estava ali, e referia-se a uma criança, com palavras de tristeza.

---

Atabalhoado: às pressas, confuso, sem ordem.

Podiam ser outros amores; podiam ser os próprios amores da mãe de Lalau. Hesitei em guardar o papel, e cheguei a pô-lo dentro das folhas do relatório; mas tornei a tirá-lo, e guardei-o comigo.

Reli-o em casa; dizia este trecho do bilhete, que provavelmente nunca foi acabado nem remetido: "Tenha confiança em mim, e ouça o que lhe digo. Não faça barulho, sossegue e não fale sempre no meu nome. Venha cá o menos que puder; e não pense mais no anjinho. Deus é bom". Não achava nada que me explicasse cousa nenhuma; mas insisti em guardá-lo. De noite pensei que o bilhete podia relacionar-se com a família de Lalau; e, como nunca tivesse dito à tia desta o motivo que a separara da Casa Velha, resolvi pedir-lhe uma **conferência**, e contá-lo.

Pedi-lhe a conferência no dia seguinte, e obtive-a no outro, muito cedo, enquanto Lalau dormia. Não hesitei em **ir logo ao fim**. Contei-lhe tudo, menos o amor da sobrinha e do filho de d. Antônia, que ela, aliás, fingia ignorar. D. Mafalda ouviu-me pasmada, curiosa, querendo por fim que lhe dissesse se d. Antônia ficara irritada com a descoberta.

– Não; perdoou tudo.

– Então por que houve logo esta separação?

Hesitei na resposta.

– Entendo, disse ela, entendo.

Vi que sabia tudo; mas não se **consternou** por isso. Ao contrário, disse-me alegremente que, se não era mais que essa a causa da separação, tudo estava remediado.

– Conto-lhe tudo, disse-me ela no fim de alguns instantes. Não diria nada em outras circunstâncias, nem sei mesmo se diria alguma cousa a outra pessoa.

D. Mafalda confirmou os amores da cunhada; mas o ex-ministro viu-a pela primeira vez, quando eles vieram da roça, tinha Lalau três meses. Não era absolutamente o pai da menina. Compreende-se o meu alvoroço; pedi-lhe todas as circunstâncias de que se lembrasse, e ela **referiu**-as todas, e todas eram a confirmação da notícia que acabava de dar; datas, pessoas, acidentes, nada discordava da mesma versão. Ela pró-

---

*Conferência: reunião, encontro.*

*Ir logo ao fim é ser direto, objetivo.*

*Consternar: afligir, desolar.*

*Referir: citar, relatar.*

**Apontamento:** nota, anotação.

> A divisão administrativa antiga copiava o modelo português em que, dependendo do tamanho, do número de habitantes, um local era classificado — do maior para o menor — como cidade, vila, freguesia ou aldeia (ou arraial, no Brasil). A freguesia também podia ser chamada de paróquia e era ali que era feito e mantido o registro dos nascidos, dos mortos, dos casamentos etc.

**Algibeira:** bolso.

🅣 Anjinho é como se costuma chamar uma criança falecida.

**Prostrado:** abatido, debilitado.

🅣 Providência, para os cristãos, é a sabedoria total com que Deus decide tudo que acontece.

**Seguido:** de pronto, de imediato.

**Obstar:** impedir, interromper.

pria apelou para os **apontamentos** da **freguesia** onde nascera a menina, e para as pessoas do lugar, que me diriam isto mesmo. Pela minha parte, não queria outra cousa, senão o desaparecimento do obstáculo e a felicidade das duas criaturas. De repente, lembrou-me do trecho do bilhete que tinha comigo, e disse-lhe que, em todo caso, mal se podia explicar a crença em que estava d. Antônia; havia por força uma criança.

— Houve uma criança, interrompeu-me d. Mafalda; mas essa morreu com poucos meses.

Tinha o bilhete na **algibeira**, tirei-o e reli-o; estas palavras confirmavam a versão da morte: "não pense mais no **anjinho**..."

D. Mafalda contou-me então a circunstância do nascimento da criança, que viveu apenas quatro meses; depois, referiu-me a longa história da paixão da cunhada, que ela descobriu um dia, e que a própria cunhada lhe confiou mais tarde, em ocasião de desespero.

Tudo parecia-lhe claro e definitivo; restava agora repor as cousas no estado anterior. Mas, ao pensar nisso, adverti que, transmitida esta versão a d. Antônia, ouviria as razões que ela teria para a sua, e combiná-las-ia todas. Fui à Casa Velha, e pedi a d. Antônia que me desse também uma conferência particular. Desconfiada, respondeu que sim, e foi na sala dos livros, enquanto Félix estava fora, que lhe contei o que acabava de saber.

D. Antônia escutou-me a princípio curiosa, depois ansiosa, e afinal atordoada e **prostrada**. Não compreendi esse efeito; acabei, disse-lhe que a **Providência** se encarregara de levar o fruto do pecado, e nada impedia que o casamento do filho com a moça o fizesse esquecer a todos. Mas d. Antônia, agitada, não podia responder **seguidamente**. Não entendendo esse estado, pedi que mo explicasse.

D. Antônia negou-me tudo a princípio, mas acabou confessando o que ninguém poderia então supor. Ela ignorava os amores do marido; inventara a filiação de Lalau, com o único fim de **obstar** ao casamento. Confessou tudo, francamente, alvoroçada, sem saber de si. Creio que, se repousasse por algumas horas, não me diria nada; mas apanhada de supetão, não duvidou expor os seus atos e motivos. A razão é que o golpe recebido fora profundo. Vivera na fé do amor conjugal; adorava a memória do marido, como se pode fazer a uma santa de devoção íntima. Tinha dele as maiores provas de constante fidelidade. Viúva, mãe de um homem, vivia da felicidade extinta e sobrevivente, respeitando morto o mesmo homem que amara vivo. E vai agora uma circunstância **fortuita**, mostrar-lhe que, inventando, acertara por outro modo, e que o que ela considerava puro na terra trouxera em si uma impureza.

Logo que a primeira comoção passou, d. Antônia disse-me com muita dignidade que o passado estava passado, que se arrependia da invenção, mas enfim estava meia punida. Era preciso que o castigo fosse inteiro; e a outra parte dele não era mais que unir os dous em casamento. Opôs-se por **soberba**; agora, por humildade, consentia em tudo.

D. Antônia, dizendo isto, forcejava por não chorar, mas a voz trêmula indicava que as lágrimas não tardavam a vir; lágrimas de vencida, duas vezes vencida, – no orgulho e no amor. Consolei-a, e pedi-lhe perdão.

— De quê? perguntou ela.

— Do que fiz. Creia que sinto o papel desastrado que o destino me confiou em tudo isto. Agora, mesmo, quando vinha alegre, supondo consertar todas as cousas, conserto-as com lágrimas.

*Fortuito: casual, acidental.*

*Soberba: orgulho, vaidade.*

– Não há lágrimas, disse d. Antônia esfregando os olhos.

Daí a nada estava tranquila, e pedia-me que acabasse tudo. Não podia mais tolerar a situação que ela mesma criara; tinha pressa de afogar na afeição sobrevivente algumas tristezas novas. Instou comigo para que fosse ter com a moça naquele mesmo dia, ou no outro, e que a trouxesse para a Casa Velha, mas depois de saber tudo; pedia também que me **incumbisse de retificar** a revelação feita ao filho. Ela, pela sua parte, não podia entrar em tais minúcias; eram-lhe penosas e indecentes. Esta palavra fez-me, creio eu, empalidecer; ela apressou-se em explicá-la; não me encarregava de cousa indigna, mas pouco ajustada entre um filho e sua mãe. Era só por isso.

Aceitei a explicação e a incumbência. Não me demorei muito em pôr o filho na confidência da verdade, contando-lhe os últimos incidentes, e a face nova da situação. Félix ouviu-me alvoroçado; não queria crer, **inquiria** uma e muitas vezes se a verdade era realmente esta ou outra, se a tia da moça não se enganara, se a nota achada... Mas eu interrompi-o confirmando tudo.

– E mamãe?

– Sua mãe?

– Naturalmente, já sabe...

Hesitei em dizer-lhe tudo o que se passara entre mim e ela; era revelar-lhe a invenção da mãe, sem necessidade. Respondi-lhe que sabia tudo, porque mo dissera, que estava enganada, e **estimara o desengano**.

Tudo parecia caminhar para a luz, para o esquecimento, e para o amor. Após tantos desastres que este negócio me trouxera, ia enfim **compor** a situação, e tinha pressa de o fazer e de os deixar felizes. Restava Lalau; fui lá ter no dia seguinte.

Lalau notou a minha alegria; eu, sem saber por onde começasse, disse-lhe que efetivamente tinha uma boa notícia. Que notícia? Contei-lha com as palavras **idôneas e castas** que a situação exigia. Acabei, referi o que se passara com d. Antônia, o pedido desta, a esperança de todos. Ela ouviu ansiosa, – a princípio, aflita, – e no fim, quando soube a verdade retificada, deixou cair os olhos e não me respondeu.

---

Ou seja, encarregasse (incumbisse) de corrigir (retificar).

Inquirir: indagar, perguntar.

Ou seja, gostou (estimara) do esclarecimento (desengano).

Compor: arranjar, consertar.

Traduzindo: honestas (idôneas) e puras (castas).

— Vamos, senhora, disse-lhe; o passado está passado.

Lalau não se moveu. Como eu instasse, abanou a cabeça; instando mais, respondeu que não, que nada estava alterado, a situação era a mesma. Espantado da resposta, pedi-lhe que ma explicasse; ela pegou na minha mão, e disse-me que não a obrigasse a falar de cousas que lhe doíam.

— Que lhe doem?

— Falemos de outra cousa.

— Confesso que fiquei **exasperado**; levantei-me, mostrei-me aborrecido e ofendido. Ela veio a mim, vivamente, pediu-me desculpa de tudo. Não tinha intenção de ofensa, não podia tê-la; só podia agradecer tudo o que fizera por ela. Sabia que a estimava muito.

— Mas não compreendo...

— Compreende, se quiser.

— Venha explicar-se com a sua velha amiga; ela lhe dirá que estimou muito não ser verdadeira a sua primeira suposição.

— Para ela, creio.

— E para todos.

— Para mim, não. Seja como for, não poderia casar-me com o filho do mesmo homem que envergonhou minha família... Perdão; não falemos nisto.

Olhei assombrado para ela.

— Essa palavra é de orgulho, disse-lhe no fim de alguns instantes.

— Orgulho, não; eu não sei que cousa é orgulho. Sei que nunca estimei tanto a ninguém como a minha mãe. Não lhe disse isso mesmo uma vez? Gostava muito de mamãe; era para mim na terra como Nossa Senhora no céu. E esta santa tão boa como a outra, esta santa é que... Não; perdoe-me. Orgulho? Não é orgulho; é vergonha; creia que estou muito envergonhada. Sei que era estimada na Casa Velha; e seria ali feliz, se pudesse sê-lo; mas não posso, não posso...

— Reflita um pouco.

— Está refletido.

> Exasperado: irritado, furioso.

> Dantes: outrora, antigamente.

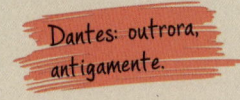

— Reflita ainda uma noite ou duas; virei amanhã ou depois. Repare que a sua obstinação pode exprimir, relativamente à memória de sua mãe, uma censura ou uma afronta...

Lalau interrompeu-me; não censurava a mãe; amava-a tanto ou mais que **dantes**. E concluiu dizendo que, por favor, não falássemos mais de tal assunto. Respondi-lhe que ainda lhe falaria uma vez única; pedi-lhe que refletisse. Contei a d. Mafalda, e disse-lhe que na minha ausência, trabalhasse no mesmo sentido que eu.

— Tudo deve voltar ao que era; eles gostam muito um do outro; D. Antônia estima-a como filha; o passado é passado. Cuidemos agora do presente e do futuro.

Lalau não cedeu nada à tia, nem a mim. Não cedeu nada ao filho de d. Antônia, que a foi visitar, e a quem não pôde ver sem comoção, e grande; mas resistiu. Afinal, oito dias depois, d. Antônia mandou aprontar a sege, e foi buscá-la.

— Uma vez aqui, verá que arranjamos tudo, disse-lhe ela.

Entrava já no espírito de d. Antônia um pouco de amor-próprio ofendido com a recusa. Lalau parece que a princípio não a quis acompanhar; nunca soube bem deste ponto, mas é natural que fosse assim. Consentiu, finalmente, e foi por um só dia; jantou lá e voltou às ave-marias.

Voltei à casa delas, e instei novamente, ou só com ela, ou com a tia; ela mantinha-se no mesmo pé, e, para o fim, com alguma impaciência. Um dia recebi recado de d. Mafalda; corri a ver o que era, disse-me que o filho do segeiro, Vitorino, fora pedi-la em casamento, e que a moça, consultada, respondeu que sim. Soube depois que ela mesma o incitara a fazê-lo. Compreendi que tudo estava acabado. Félix padeceu muito com esta notícia; mas nada há eterno neste mundo, e ele próprio acabou casando com Sinhazinha. Se ele e Lalau foram felizes, não sei; mas foram honestos, e basta.

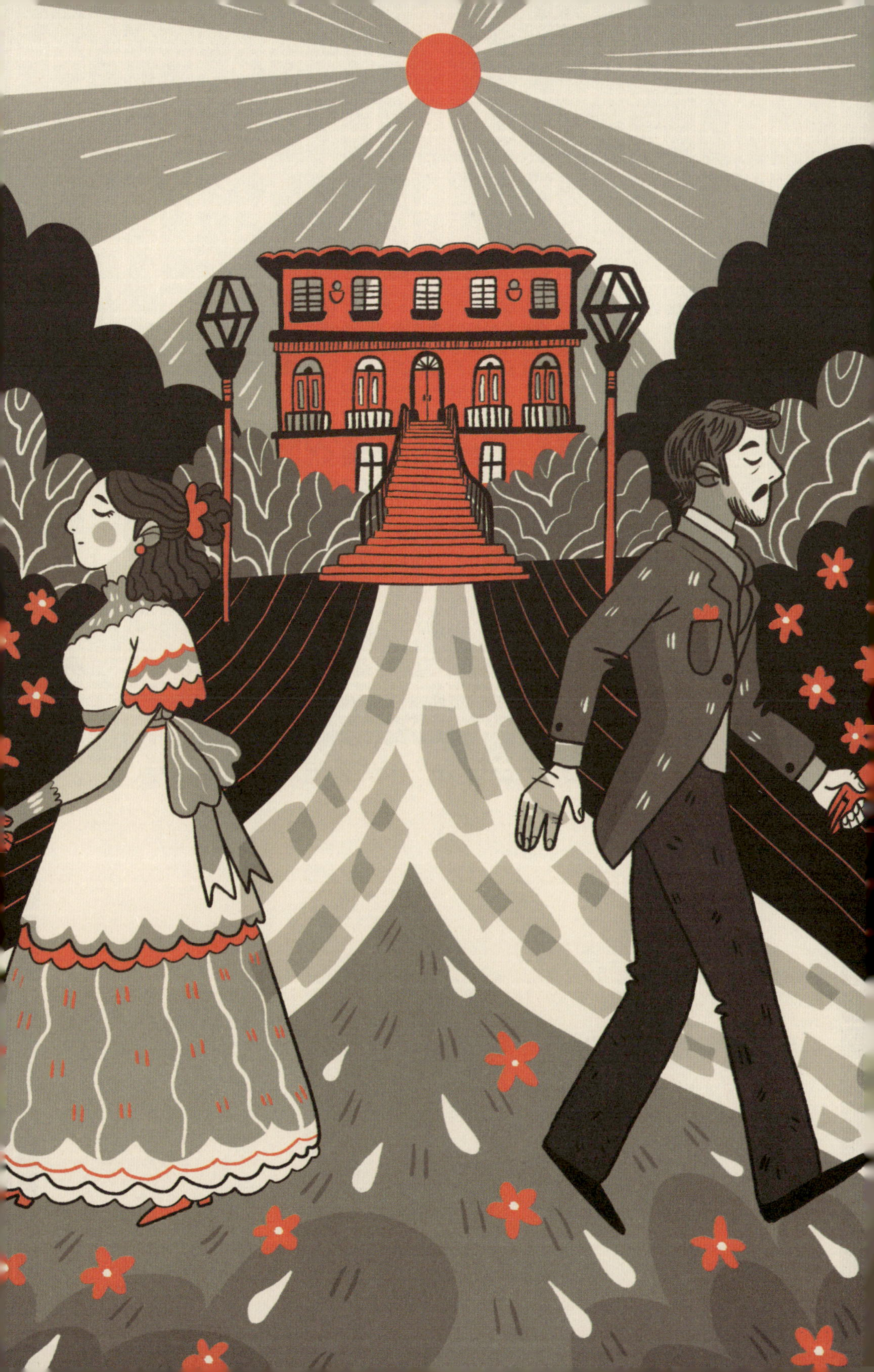

**ILUSTRADORES**

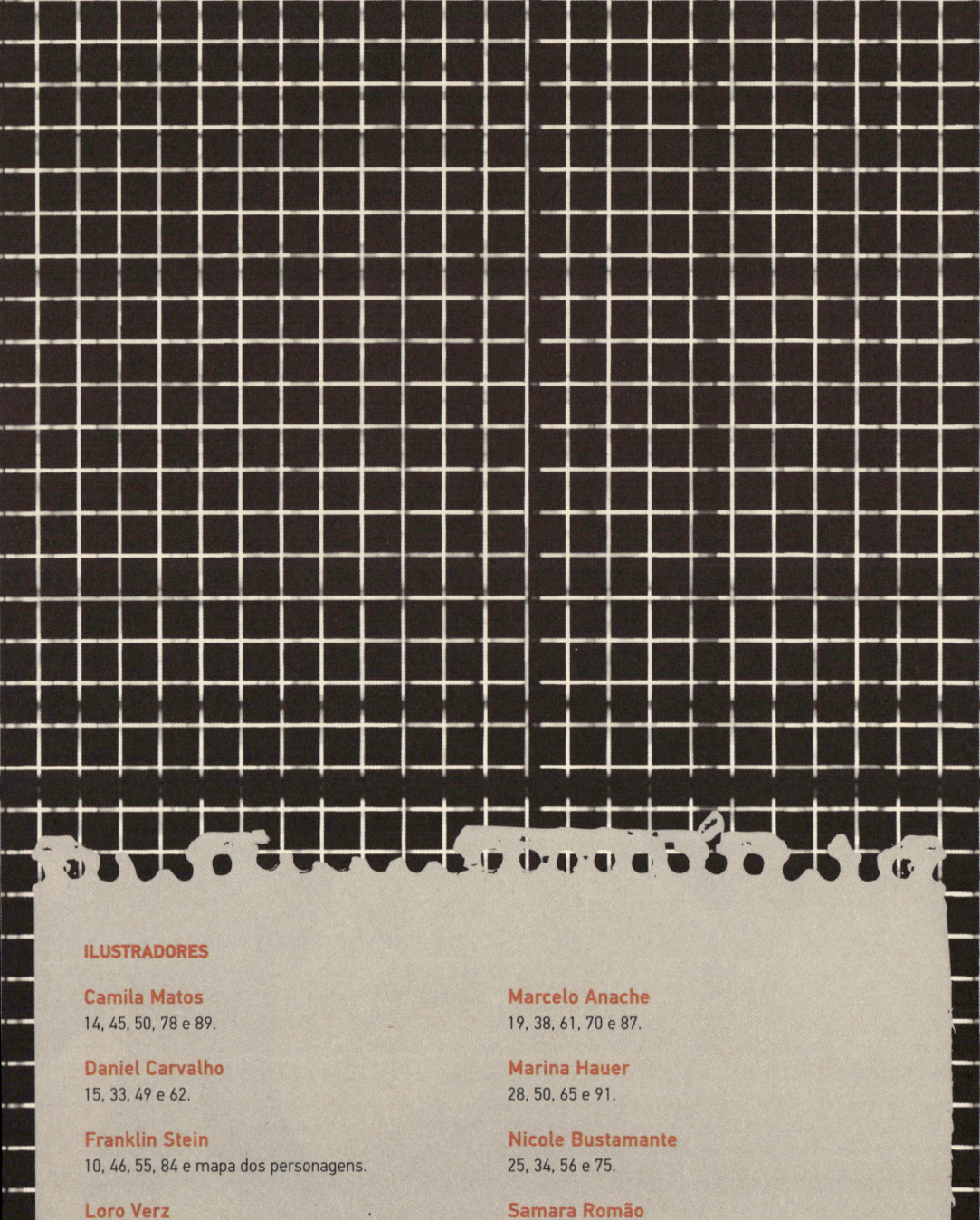

**Camila Matos**
14, 45, 50, 78 e 89.

**Daniel Carvalho**
15, 33, 49 e 62.

**Franklin Stein**
10, 46, 55, 84 e mapa dos personagens.

**Loro Verz**
17, 42, 53, 68 e 82.

**Marcelo Anache**
19, 38, 61, 70 e 87.

**Marina Hauer**
28, 50, 65 e 91.

**Nicole Bustamante**
25, 34, 56 e 75.

**Samara Romão**
21, 41, 66 e 81.

✔ **Quem é quem na obra de Machado de Assis**

# Mapa dos personagens

**Tipos de relações entre os personagens**

- →← Familiares
- →← Amorosas
- →← Amorosas interrompidas
- →← Gerais e de convivência

*amigos*

*amigos*

❶ **Cônego**

*agregada*

*tia*

❷ **Padre Mascarenhas**

❾ **Mafalda**

❿ **Vitorino**

*casados*

---

**Agora que você terminou de ler o livro (nem pense em pular direto para esta página!), relembre os principais personagens e seus momentos marcantes:**

• Em abril de 1839 o narrador desta história, um cônego [❶] da Capela Imperial cujo nome não é explicitado, decide escrever um livro sobre o reinado de d. Pedro I (1822-31). Para tanto, o religioso de 32 anos procura os documentos deixados por um falecido ministro do imperador.

• Quem intermedeia a aproximação do cônego com a rica família do ministro é o capelão dela, padre Mascarenhas [❷]. Assim, quase que diariamente o cônego passa a frequentar a mansão (chamada de Casa Velha) onde vivem a viúva do ministro, d. Antônia [❸], e seu filho Félix [❹], e onde Lalau [❺], agregada da casa, passa boa parte de seu tempo.

• O cônego, porém, suspeita que, mais que amizade entre Félix e Lalau, há verdadeira paixão – algo que, para d. Antônia, é impensável, pois ela nunca admitiria que seu filho se casasse com uma mulher socialmente inferior a ele, embora a viúva considerasse Lalau como filha.

• Para separar os dois, ela pediu ao cônego que levasse Félix para a Europa com a desculpa de que ele precisava completar a formação. Félix, realmente apaixonado por Lalau, resiste à viagem. O cônego o apoia, pois deseja casar o rapaz com a moça depois de conhecer melhor a ambos. Para dissuadir o religioso, d. Antônia mente dizendo que Lalau é filha extraconjugal do marido ministro – e, portanto, meia-irmã de Félix.

③ D. Antônia

⑦ Coronel Raimundo

⑧ Baronesa

amigos → parentes → avó

agregada — mãe — pai

⑤ Lalau ← - - apaixonados - - → ④ Félix ← casados → ⑥ Sinhazinha

- Enquanto isso, d. Antônia também tenta aproximar Félix de Sinhazinha [⑥], filha do coronel Raimundo [⑦] e neta da Baronesa [⑧], para lhe arranjar um casamento que considerava mais afortunado.

- Chocado com a "revelação" sobre Lalau, o cônego passa a atuar para desfazer o casal, contando aos dois jovens a filiação de Lalau. O religioso procura também Mafalda [⑨] para confirmar a veracidade da "descoberta". A tia da moça, entretanto, garante que o pai de Lalau não é o ministro, mas que ele e a mãe da jovem realmente tiveram um caso amoroso extraconjugal e um bebê, morto aos quatro meses de vida.

- O religioso então confronta d. Antônia, que admite ter inventado a história, mas confessa que jamais desconfiara da traição do marido com a mãe da moça. Sentindo-se culpada, d. Antônia declara que seu castigo por mentir é descobrir que fora traída e aceitar o casamento de Félix com Lalau.

- Aliviado, embora um tanto triste por ter exposto a história de traição, o cônego procura o casal para anunciar que não havia mais qualquer impedimento para a união. Mas se surpreende ao constatar que Lalau, diante de tudo isso, desiste de se casar com Félix. Ela não muda de ideia nem mesmo por insistência de sua tia, de Félix e de d. Antônia.

- No fim, o rapaz acaba se casando com Sinhazinha, e a moça, com o filho do segeiro, Vitorino [⑩], e a narrativa se encerra com o cônego afirmando: "Se ele e Lalau foram felizes, não sei; mas foram honestos, e basta".

# CONHEÇA OS OUTROS CLÁSSICOS DE LÍNGUA PORTUGUESA DA PANDA BOOKS

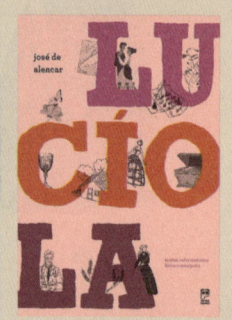

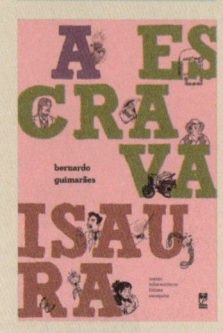

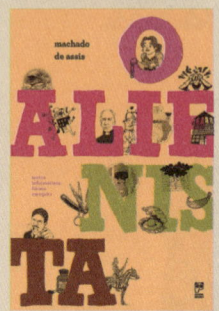

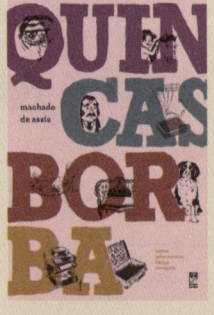

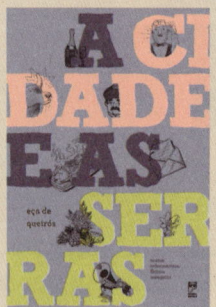

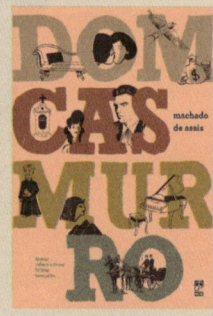

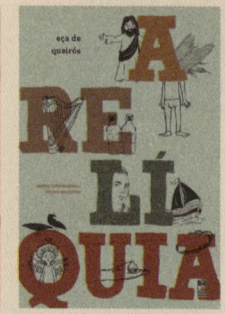

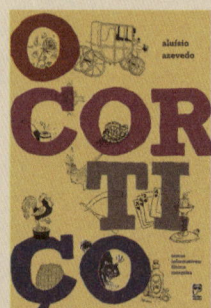

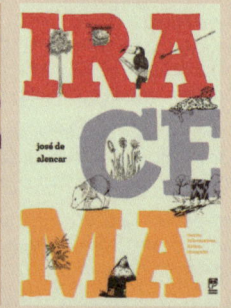

- VIDA E MORTE DE M. J. GONZAGA DE SÁ — lima barreto
- A ILUSTRE CASA DE RAMIRES — eça de queirós
- MARÍLIA DE DIRCEU — tomás antônio gonzaga
- LUCÍOLA — josé de alencar
- A ESCRAVA ISAURA — bernardo guimarães
- O ALIENISTA — machado de assis
- O ATENEU — raul pompeia
- A MENSAGEM — fernando pessoa
- QUINCAS BORBA — machado de assis
- A CIDADE E AS SERRAS — eça de queirós
- DOM CASMURRO — machado de assis
- A RELÍQUIA — eça de queirós
- MEMÓRIAS PÓSTUMAS DE BRÁS CUBAS — machado de assis
- O CORTIÇO — aluísio azevedo
- IRACEMA — josé de alencar
- MEMÓRIAS DE UM SARGENTO DE MILÍCIAS — manuel antônio de almeida

Visite nosso site e espie também a Coleção de Clássicos Internacionais: www.pandabooks.com.br